44
25.
51

Jochen Till

Luzifer junior
Der Teufel ist los

Alle Bände von Luzifer junior:

Band 1: Zu gut für die Hölle
Band 2: Ein teuflisch gutes Team
Band 3: Einmal Hölle und zurück
Band 4: Der Teufel ist los

Jochen Till

LUZIFER junior

Der Teufel ist los

Mit Illustrationen von Raimund Frey

Band 4

Loewe

ISBN 978-3-7432-0077-7
1. Auflage 2018

Dieses Werk wurde vermittelt durch die Agentur Brauer
Umschlag- und Innenillustrationen: Raimund Frey
Umschlaggestaltung: Michael Dietrich
Printed in Germany

www.luzifer-junior.de
www.loewe-verlag.de

Inhalt

»Noch einen Pastis, Monsieur Lefuét?«

»Ja, bitte, Jean-Luc.«

Aufs Meer hinaus

»Genießen Sie Ihren Urlaub?«

»Ja, sehr. Es ist wunderschön hier.«

»Sie müssen im Sommer kommen, da ist es noch viel schöner. Und wärmer, vor allen Dingen. In der Hochsaison kann es richtig heiß werden.«

»Nein, danke. Hitze hatte ich genug in meinem Leben. Ich finde diese Temperaturen gerade sehr angenehm.«

»Woher kommen Sie, wenn ich fragen darf?«

»Von unten.«

»Australien?«

»Ganz unten.«

»Neuseeland? Da wollte ich schon immer mal hin.«

»Glauben Sie mir: dort, wo ich herkomme, will niemand freiwillig hin.«

»Ach, so schlimm wird's schon nicht sein. Meistens lernt man seine Heimat ja erst richtig zu schätzen, wenn man sie verlassen hat. Sie werden sich bestimmt freuen, wieder nach Hause zu kommen.«

»Ganz sicher nicht.«

»So schlimm? Haben Sie keine Familie dort?«

»Doch. Das ist ja das Problem.«

»Verstehe. Familienstreitigkeiten. Na ja, Ärger gibt's in jeder Familie, das wird sich schon wieder einrenken. Haben Sie Kinder?«

»Einen Sohn. Er ist elf.«

»Sehen Sie, ich bin mir sicher, Ihr Sohn vermisst Sie ganz schrecklich und freut sich, wenn Sie wieder nach Hause kommen.«

»Da bin ich mir nicht so sicher. Er wohnt nicht mehr bei mir, ich habe ihn auf ein Internat geschickt. Es gefällt ihm sehr gut dort. Er hat jede Menge Spaß mit seinen neuen Freunden und denkt wahrscheinlich überhaupt nicht an mich.«

»Er ist Ihr Sohn. Ich bin mir sicher, er denkt jeden Tag an Sie und freut sich darauf, Sie bald wiederzusehen. Haben Sie denn Kontakt zu ihm? Wenn Sie möchten, können Sie ihn über Skype anrufen, mein Laptop steht da drüben, das WLAN ist sehr gut hier.«

»Skype? Was ist das? Wieder so was Modernes mit Technik? Nein, danke. Ich bin froh, wenn ich mich nicht mehr mit diesem ganzen neumodischen Kram beschäftigen muss. Sagen Sie mir lieber, wo ich einen Bootsverleih finde. Ich möchte ein bisschen aufs Meer hinaus.«

»Aufs Meer? Bei diesem Wetter? Für die nächsten

Tage ist Sturm angesagt, da fährt niemand raus, das ist viel zu gefährlich.«

»Umso besser. Ich mag es stürmisch und gefährlich.«

»Aber doch nicht *lebens*gefährlich, oder? Der Atlantik ist die Hölle bei dieser Wetterlage. Da fahren selbst die seetüchtigsten Fischer nicht raus, weil sie befürchten, nicht lebendig zurückzukommen.«

»So, so, die Hölle also. Keine Sorge, damit kenne ich mich bestens aus. Machen Sie sich um mein Leben keine Gedanken, das ist zäh. Ein Boot bräuchte ich allerdings trotzdem.«

»Ich kann meinen Schwager fragen, der hat eine Jolle, die er nur im Sommer nutzt. Ich bezweifle aber, dass er sie Ihnen überlässt. Er wird befürchten, sie nicht zurückzukriegen, wenn Sie bei diesem Wetter tatsächlich rausfahren.«

»Das lassen Sie mal meine Sorge sein. Ich bin mir sicher, er wird mir seine Jolle leihen. Ich kann teuflisch überzeugend sein.«

»Gut, ich rufe ihn gleich mal an.«

»Danke. Und einen Pastis noch, bitte. Der schmeckt nämlich höllisch gut.«

Bielefeld

»Guten Morgen, Jungs!«, begrüßt uns der Holzapfel fröhlich.

»Guten Morgen, Herr Holzapfel!«, grüßen wir ihn im Chor zurück.

Er setzt sich an sein Pult und zieht einen Stapel Papier aus seiner Tasche.

»Da dies die letzte Stunde vor den Ferien ist, dachte ich, das ist die perfekte Gelegenheit zu überprüfen, was ihr im letzten halben Jahr alles gelernt habt. Holt eure Stifte raus, wir schreiben einen Test.«

Wie bitte, was? Der spinnt wohl! Darauf bin ich jetzt gar nicht vorbereitet. Ich dachte, so kurz vor den Ferien passiert sowieso nichts mehr. Und alle anderen dachten das wohl auch – ein qualvolles, ungläubiges Stöhnen durchzieht den Klassenraum.

»Was denn?«, fragt der Holzapfel grinsend. »Habt ihr etwa keine Lust auf einen Test? Ich dachte, ihr freut euch! Was kann es Schöneres geben als einen Geschichtstest kurz vor Weihnachten?«

»*Keinen* Geschichtstest kurz vor Weihnachten?«, sagt Finn, unser Klassensprecher, und alle stimmen ihm lautstark zu.

»Wie bitte?«, erwidert der Holzapfel verwundert. »Ihr wollt keinen Geschichtstest schreiben? Na gut, kein Problem. Dann trage ich einfach für jeden eine Sechs in mein Notenbuch ein.«

»Aber das können Sie nicht machen!«, protestiert Finn.

»Und ob ich das kann«, sagt der Holzapfel und zückt sein Notenbuch. »Und du bist gleich der Erste.«

Er greift nach einem roten Stift, schreibt etwas in das Buch und streckt es Finn entgegen.

»Siehst du, da steht eine Sechs«, sagt der Holzapfel

grinsend. »Jeder von euch kriegt eine Sechs – und zwar für ungenügenden Humor!«

Er schlägt sich prustend auf die Schenkel und fällt fast vom Stuhl vor Lachen.

»Eure Gesichter!«, grölt er. »Zu köstlich! Wartet, bleibt noch einen Moment so!«

Er holt sein Handy hervor und fotografiert uns.

Oh Mann. Lehrerhumor. Den werde ich wohl nie verstehen. Von daher passt das mit der Sechs schon. Aber die wird doch nicht wirklich im Zeugnis stehen, oder? Werden wir auch für unseren Humor benotet? Ich habe noch nie ein Zeugnis gekriegt, keine Ahnung, was da so alles drinsteht. Ist mir eigentlich auch egal, zumindest jetzt gerade. Es gibt Wichtigeres als Zeugnisse. Seinen verschollenen Vater zu suchen, zum Beispiel.

»Ihr habt mir nicht wirklich zugetraut, dass ich euch am letzten Schultag so etwas antun würde, oder?«, fragt der Holzapfel kichernd.

Die ganze Klasse atmet erleichtert auf.

»Natürlich schreiben wir heute keinen Test. Wir machen noch nicht mal Unterricht. Stattdessen möchte ich von euch erfahren, wie ihr Weihnachten verbringen werdet. Ich nehme an, die meisten fahren nach Hause. Aber vielleicht gibt es ja auch jemanden, der in den Ferien irgendetwas Ungewöhnliches vorhat? Gustav, zum Beispiel. Ich habe gehört, du feierst nicht zu Hause?«

»Äh … ja«, sagt Gustav und wirft mir einen kurzen Blick zu. »Ich werde die Ferien in Ungarn verbringen.«

»Bei Vitus, nicht wahr?«, ergänzt der Holzapfel und lächelt mich an.

Genau, Vitus, das bin ich. Zumindest hier in St. Fidibus. Vitus von Turbsnatas, Sohn eines reichen ungarischen Adelshauses. Dass ich in Wirklichkeit Luzifer junior heiße und der Sohn des Teufels bin, wissen hier nur exakt drei Leute – Gustav ist einer davon.

»Ja«, sagt er. »Vitus' Vater hat mich eingeladen, Weihnachten auf seinem Schloss zu verbringen.«

Sehr gut, Gustav. Das klang überzeugend. Gustav befürchtet immer, ein schlechter Lügner zu sein, aber bisher macht er das sehr gut. Immerhin konnte er bereits seine Eltern dazu überreden, mit mir nach Ungarn fahren zu dürfen, und das auch noch an Weihnachten. Dieses Weihnachten scheint für die Menschen hier oben sehr wichtig zu sein, das war mir bis vor ein paar Tagen gar nicht klar. Gustav hat versucht, es mir zu erklären, aber so richtig verstanden habe ich das alles nicht. Da gibt es offenbar Geschenke und ganz viel zu essen und jede Menge Familienangehörige, die sich nicht leiden können, und überall läuft schrecklich kitschige Musik. Und, was ich selbst unten im Dorf beobachtet habe: Plötzlich tauchen überall alte Männer mit weißen Bärten in roten Klamotten und mit einem äußerst begrenzten Wortschatz auf – wahrscheinlich reden sie deshalb fast ausschließlich mit kleinen Kindern. Woher diese seltsamen Typen kommen und welche Funktion sie haben, ist mir noch nicht ganz klar geworden, aber es muss auch irgendwas mit Weihnachten zu tun haben. Bei uns unten gibt es zwar auch so eine Art Weihnachten, aber das ist viel unspektakulärer. Wahrscheinlich, weil Papa es hasst. Er stellt diesen Weihnachtsbaum nur auf, weil der CEO ihn erfunden und die Verwendung befohlen hat. Der CEO, unser Chronisch Einzigartiger Oberchef. Wenn es stimmt, was alle erzählen, hat er nicht nur den Weihnachtsbaum, sondern ALLES erfunden – ich habe da so meine Zweifel. Der Hammer ist ja, dass ich sogar mit ihm verwandt bin. Eigentlich müsste ich ihn Opa nennen. Ich habe nämlich vor ein paar Wochen zufällig erfahren, dass er Papas Vater ist. Trotzdem hat er seitdem nicht ein einziges Wort mit mir gewechselt. Ich meine, ich bin sein Enkel, da kann man doch mal vorbeikommen oder anrufen oder wie auch immer er vorzugsweise kommuniziert. Aber nein, nichts, das große Schweigen. Und wo mein Vater steckt, seit er aus der Hölle flüchten musste, scheint ihn ebenfalls nicht zu interessieren. Dabei heißt es immer, er sieht und weiß alles, da könnte er doch mal

kurz runterkommen und Bescheid sagen, wo genau sich sein Sohn versteckt, dann müssten wir nämlich nicht extra nach Frankreich, um ihn zu suchen, und alle möglichen Leute deswegen anlügen. Ganz ehrlich: Der kann mir mal gestohlen bleiben, mein blöder Opa.

»Oh, Weihnachten in einem Schloss im Ausland«, sagt der Holzapfel. »Das klingt sehr aufregend. Was ist mit dir, Aaron? Fährst du auch mit?«

Ja, Aaron muss auch mit nach Frankreich, unbedingt. Die Frage ist nur, wie wir das hinkriegen.

»Nein«, antwortet Aaron. »Ich muss leider wie immer in den Ferien ins Krankenhaus. Mein Gehirn wird zum dreiundachtzigsten Mal untersucht, weil meine Eltern denken, dass damit etwas nicht stimmt. Nicht stimmt.«

Was absoluter Blödsinn ist. Aaron hat zwar ein paar Ticks, aber ich kenne niemanden, dessen Gehirn besser funktioniert. Das mit dem Krankenhaus ist allerdings wirklich ein Problem. Wie sollen wir ihn da bloß unauffällig rauskriegen, damit er mit uns nach Frankreich kommen kann, ohne dass es jemand bemerkt? Ich habe bereits in meinem Handbuch für junge Dämonen nach einem passenden Spruch gesucht, aber keinen gefunden. Irgendetwas muss uns noch einfallen, nur leider wird die Zeit langsam knapp – morgen früh soll es nämlich schon losgehen.

»Stimmt, das hab ich vergessen, du musst ja wieder

ins Krankenhaus«, sagt der Holzapfel. »Und das auch noch an Weihnachten. Das tut mir leid für dich.«

»Nicht so schlimm«, sagt Aaron seufzend. »Das ist ja jedes Jahr so, ich bin dran gewöhnt. Gewöhnt.«

Dieses Jahr nicht. Dieses Jahr wirst du Weihnachten in Frankreich verbringen, Aaron. Irgendwie kriegen wir das schon hin. Wir müssen es hinkriegen. Ich brauche meine Freunde, wenn ich meinen Vater finden will – und zwar alle drei.

»Euch beiden wünsche ich trotzdem viel Spaß in Ungarn«, sagt der Holzapfel und wendet sich an mich. »Kommt noch jemand mit?«

»Ja«, sage ich. »Lilly.«

»Lilly Rosenberg? Die Nichte unseres Hausmeisters? Ich wusste gar nicht, dass ihr befreundet seid.«

Doch, das sind wir, uns verbindet sogar mehr als Freundschaft. Es hat sich nämlich herausgestellt, dass sie wie ich über dämonische Kräfte verfügt. Woher sie kommen, konnte uns bis jetzt leider niemand erklären – ein weiterer Grund, weshalb wir meinen Vater unbedingt finden wollen. Er weiß bestimmt, was mit Lilly los ist.

»Begleitet euch Herr Rosenberg dann?«, fragt der Holzapfel.

»Nein«, antworte ich.

Auf gar keinen Fall! Dann müssten wir ihm ja verraten, dass ich der Sohn des Teufels bin und wir in Wirklichkeit gar nicht nach Ungarn fahren, das würde ihm garantiert nicht gefallen. Es war schwierig genug, ihn zu überreden, dass er Lilly über Weihnachten allein wegfahren lässt. Er ist immer sehr besorgt um sie. Als wir alle zusammen in die Hölle gegangen sind, musste ich einen Dämonenspruch anwenden, damit er nichts mitkriegt. Das hat auch wunderbar funktioniert, aber dieser Spruch hält nur ein paar Tage lang, deshalb ging das diesmal nicht und wir mussten ganz viel tricksen, bis er es erlaubt hat. Er wollte unbedingt persönlich mit meinem Vater in Ungarn sprechen, den es so natürlich überhaupt nicht gibt. Lilly hatte dann zum Glück die Idee mit Auribus und dem Skype-Anruf. Auribus ist ein Dämonenspion, der mich ursprünglich im Auftrag meines Vaters hier in St. Fidibus bespitzelt hat. Mittlerweile ist er aber ein Freund und passt auf mich auf. Er kann seine Form verändern, hier oben ist er als Krankenschwester Miriam getarnt. Für das Skype-Gespräch mit Herrn Rosenberg hat er sich in einen erwachsenen Mann verwandelt und als mein Vater ausgegeben, das hat super

funktioniert. Moment mal, wäre das nicht ...? Ja, das könnte klappen! Da hätte ich auch früher draufkommen können. Das muss ich gleich nachher mit den anderen besprechen.

»Okay«, sagt der Holzapfel. »Dann wünsche ich euch viel Spaß in Ungarn. Ihr könnt mir ja mal eine Karte schreiben, ich freue mich immer über Post aus dem Ausland.«

»Klar, machen wir«, sage ich.

Das ist kein Problem, daran haben wir auch schon gedacht. Die Postkarten für Lillys Onkel und Gustavs Eltern sind bereits geschrieben. Fernbus, der neue Chef-Dämon für Logistik in der Hölle, sorgt dafür, dass die Karten von einem seiner Mitarbeiter in Ungarn in einen Briefkasten geworfen werden. Da macht eine mehr für den Holzapfel keinen Unterschied.

»Sehr gut«, sagt der Holzapfel. »Gibt es denn noch jemanden, der die Ferien an einem fremden Ort verbringt und mir eine Karte schicken könnte?«

»Ja, ich«, meldet sich Yannis zu Wort. »Ich fliege mit meinen Eltern zum Golfspielen nach Mauritius. Erster Klasse, natürlich. Die Tickets kosten dreitausend Euro. Pro Person.«

Yannis, der alte Angeber. Er macht nichts, was nicht viel Geld kostet. Das ist ihm irgendwie sehr wichtig, deswegen betont er es auch ständig. Dabei ist es ja nicht mal sein eigenes Geld, sondern das seiner Eltern. Sein Vater ist Chirurg. Ich hoffe, er macht bei seiner Arbeit keine Fehler, sonst darf er nämlich später bei uns unten Golf spielen, in Abteilung 9, da sitzen die Pfuschenden Ärzte. Ja, die dürfen bei uns Golf spielen. Allerdings kriegen sie jedes Mal einen Herzinfarkt, kurz bevor der Ball im Loch verschwindet, und werden dann direkt auf

dem Platz von einem Dämon mit Fäustlingen und einer rostigen Laubsäge ohne Betäubung notoperiert. Das passiert natürlich bei jedem Loch – unser Golfplatz hat 18.000 davon und ist ein Rundkurs.

»Mauritius? Das soll ja sehr schön sein«, sagt der Holzapfel. »Da würde ich mich über eine Karte natürlich auch sehr freuen. Sonst noch jemand mit exotischen Reisezielen?«

Ein Junge, dessen Namen ich mir nie merken kann, weil er so gut wie nie etwas sagt, meldet sich.

»Ja, Balthasar?«

»Ich fahre zu meiner Oma nach Bielefeld«, sagt der Junge.

»Ha, ha!«, fängt der Holzapfel an zu lachen. »Da musst du mir auf jeden Fall eine Karte schicken! Bin ich gespannt, ob sie ankommt! Bielefeld gibt's nämlich gar nicht!«

»Wie … Wie meinen Sie das? Bielefeld gibt's nicht?«, fragt Balthasar mit besorgter Miene. »Soll das heißen, meine Eltern haben mich angelogen und wir fahren gar nicht nach Bielefeld? Aber wo fahren wir denn sonst hin? In den Wald? Papa hat früher immer gesagt, wenn ich meinen Teller nicht aufesse, fährt er nachts mit mir in den Wald und setzt mich da aus. Buääääääh!«

Balthasar fängt fürchterlich an zu heulen. Der Arme. Ich würde ihm gerne sagen, dass sein Vater einen Platz in der Hölle sicher hat, in Abteilung 25 bei den

Angsteinflößenden Erziehungsberechtigten, aber das würde ihm wahrscheinlich noch mehr Angst machen.

Der Holzapfel steht auf und stürzt auf Balthasar zu.

»Aber … Aber … Das war doch … Das ist doch nicht ernst gemeint mit Bielefeld!«, erklärt er. »Das ist nur so ein Witz im Netz! Natürlich gibt es Bielefeld! Und ich bin mir auch ganz sicher, dass deine Eltern mit dir dort hinfahren!«

Balthasar plärrt unbeeindruckt weiter.

»Hörst du, Balthasar?«, setzt der Holzapfel nach. »Es ist alles in Ordnung! Du besuchst deine Oma in Bielefeld!«

»Aber … Aber«, schluchzt Balthasar. »Sonst ist Oma immer zu uns gekommen! Und ich hab sie auch ganz lang nicht mehr gese-he-heeen! Vielleicht hat Papa sie auch im Wald ausgesetzt!«

Dieses Geräusch erinnert mich stark an unsere Sirenen-Dämonen in der Hölle, lang halte ich das nicht mehr aus.

Holzapfel versucht weiter, Balthasar zu beruhigen, vergeblich.

»Jungs«, sagt er schließlich. »Das kann etwas länger dauern hier. Ich würde sagen, eure Ferien fangen diesmal eine halbe Stunde früher an. Schöne Weihn...«

Weiter kommt er nicht, denn die Hälfte der Klasse ist bereits aufgesprungen und auf dem Weg nach draußen.

Ich winke Gustav und Aaron schnell zu mir heran.

»Alles bereit?«, frage ich. »Habt ihr schon gepackt?«

»Ja«, sagt Gustav. »Soll ich wieder meinen Werkzeuggürtel und den Helm mitnehmen?«

»Nein, das ist wohl nicht nötig, diesmal geht es ja nicht in die Hölle«, antworte ich.

»Ich habe zwei Taschen gepackt«, sagt Aaron. »Eine für Frankreich und eine fürs Krankenhaus. Krankenhaus.«

»Ich glaube, ich habe eine Idee, wie du mit nach Frankreich kommen kannst. Wann holen dich deine Eltern fürs Krankenhaus ab?«

»Heute Abend um sechs«, sagt Aaron seufzend. »Es wäre sehr wünschenswert, wenn mir das erspart bliebe. Ich kann keine Krankenhäuser mehr sehen. Mehr sehen.«

»Wie gesagt, ich arbeite dran«, sage ich. »Wenn sie dich um sechs abholen, müssen wir uns spätestens um vier treffen, besser um drei. Also, um drei bei mir im Zimmer?«

Aaron und Gustav nicken.

»Sehr gut. Ich sage Lilly Bescheid. Habt ihr Auribus in den letzten Tagen gesehen?«

»Nein, schon länger nicht«, sagt Gustav. »Als ich gestern am Krankenzimmer vorbeigegangen bin, war die Vertretungsschwester da.«

»Er wird bestimmt noch auftauchen«, sagt Aaron. »Er hat doch die Zugfahrkarten und das alles, oder?«

Ja, Auribus hat alles besorgt, was wir für diese Reise brauchen. So ein Dämonenspion ist wirklich praktisch, er kennt sich hier oben viel besser aus als ich. Vielleicht ist er ja noch unterwegs, um die letzten Vorbereitungen zu treffen.

»Ich hoffe es«, sage ich. »Ich mache mich gleich mal auf die Suche nach ihm. Wir sehen uns dann später.«

Hinter die Ohren

»Cornibus auch Schrankreich?«

»Frankreich, Cornibus. Das heißt Frankreich. Und ja, hab ich doch schon gesagt. Du kannst mitkommen. Ich kann dich ja schlecht allein hierlassen. Wer weiß, was du alles anstellen würdest. Aber du musst extrem vorsichtig sein. Wir werden uns viel in der Öffentlichkeit bewegen, du darfst dich also nicht in deine ursprüngliche Form verwandeln. Am besten bleibst du eine Maus, dann passt du gut in meine Jackentasche.«

»Oder Qualle? Cornibus gern Qualle. Schön schleimig.«

»Nein, keine Qualle, dann hätte ich immer Angst, dich zu zerquetschen.«

»Schildkrötenqualle? Hat Panzer. Nicht verquetschen.«

»Eine Schildkrötenqualle gibt's nicht, Cornibus.«

»Macht nix. Cornibus kann auch Tiere, die nicht gibt's. Guck.«

Er verwandelt sich. Oh, das ist

neu. Ich wusste gar nicht, dass er das kann. Hausdämonen sind wohl immer für eine Überraschung gut – vor allem mein allerliebster Hausdämon Cornibus.

»Das sieht lustig aus«, sage ich lachend. »Was soll das sein?«

»Cornibus Bärgazelle. Oder Bärzelle. Gerade verfunden.«

»*Er*funden«, sage ich. »Das heißt *er*funden, Cornibus. Aber so passt du nicht in meine Tasche.«

»War ja nur Freispiel«, sagt er und verwandelt sich zurück in seine ursprüngliche Form.

»Beispiel«, verbessere ich ihn. »Das heißt ...«

Ein Klopfen an der Tür unterbricht mich. Dreimal kurz, dreimal lang, zweimal kurz. Ah, unser geheimes Klopfzeichen. Das haben wir uns ausgedacht, nachdem wir aus der Hölle zurückgekehrt waren. So weiß ich immer, dass niemand Fremdes draußen steht, und Cornibus muss sich nicht jedes Mal schnell verwandeln, damit ihn niemand sieht.

»Herein!«, rufe ich.

Es sind Aaron, Gustav und Lilly.

»Ahorn!«, ruft Cornibus freudig und springt sofort in seine Arme. »Cornibus Ahorn lang nicht gesehen! Ahorn Cornibus streicheln!«

Cornibus ist ganz vernarrt in Aaron – seinen Namen richtig auszusprechen, kriegt er aber nie hin.

»Ich war doch gestern erst hier und hab dich zwei Stunden lang gestreichelt. Gestreichelt«, sagt Aaron lachend.

»Sagt Cornibus doch. Gestern viel zu lang.«

»Ihr seid schon da?«, frage ich. »Ist es schon so spät?«

»Drei Uhr hast du gesagt«, sagt Gustav.

»Stimmt, sorry, ich bin immer noch am Packen. Was nehmt ihr denn eigentlich so an Klamotten mit? Ich weiß nicht, was ich alles einpacken soll.«

»Das dürfte bei dir eigentlich kein Problem sein«, sagt Lilly grinsend. »Du hast doch sowieso jeden Tag dasselbe T-Shirt an. Wie machst du das eigentlich? Stellst du es nachts draußen auf die Fensterbank zum Lüften?«

»Ha, ha, sehr witzig«, erwidere ich. »Das ist nicht immer dasselbe T-Shirt.«

Ich gehe an meinen Kleiderschrank, öffne ihn und zeige auf die zwei Stapel T-Shirts im oberen Fach.

»Du hast dreiundzwanzig Mal das gleiche T-Shirt«, stellt Aaron fest. »Korrektur: vierundzwanzig Mal das gleiche T-Shirt. Eins hast du ja an. Ja an.«

»Gab's die in der Hölle im Sonderangebot?«, fragt Lilly.

»Nein, die sind aus Abteilung 51«, erkläre ich. »Die hat Fluxus mir extra nähen lassen.«

Fluxus, dieser elende Verräter. Aber er hat seine gerechte Strafe gekriegt. Anstatt sich um die Logistik zu kümmern, darf er jetzt Tag für Tag in der Cafeteria das zerbrochene Geschirr zusammenkleben – und Dämonen werfen ihr Geschirr nach Gebrauch grundsätzlich an die Wand.

»Abteilung 51?«, fragt Gustav.

»Da sitzen bei uns die Exhibitionisten. Sie müssen den ganzen Tag lang mit glühend heißen Nadeln Klamotten nähen. Und alles, was sie genäht haben, müssen sie auch anziehen, und zwar übereinander.«

»Das heißt, deine T-Shirts haben vorher Exhibitionisten angehabt?«, fragt Lilly leicht angewidert.

»Nein, die natürlich nicht.«

»Und du hast grundsätzlich nur diese T-Shirts zum Anziehen?«

»Ja. Und meine Jacke.«

»Ist dir das nicht zu kalt?«, will Gustav wissen. »Ich meine, gerade jetzt im Winter. Du bist doch von unten nur sehr hohe Temperaturen gewohnt, oder?«

»Das stimmt«, sage ich. »Aber alle Klamotten in der Hölle sind aus Magma-Wolle. Die wird aus dem Fell spezieller Dämonen gesponnen, die an den Lava-Flüssen arbeiten. Sie speichert die Höllenwärme bis zu hundert Jahre lang, hat Onkel Gustav mir mal erklärt. In diesen Klamotten ist mir also immer so warm wie zu Hause.«

»Das klingt sehr praktisch«, sagt Aaron. »Darf ich mal eins ausprobieren? Ausprobieren?«

»Klar«, sage ich und reiche ihm ein T-Shirt aus dem Schrank.

Er zieht seinen Pullover aus und streift sich das T-Shirt über.

»In der Tat«, sagt er. »Das ist kuschelig warm. Warm.«

»Aber wenn du sowieso nur die paar Klamotten hast, wieso hast du dann Probleme beim Packen?«, wendet sich Lilly an mich.

»Na, ich weiß doch nicht, wie lang wir in Frankreich sein werden«, antworte ich. »Nehme ich zwei oder drei T-Shirts mit?«

»Wir haben doch erzählt, dass wir an Silvester zurückkommen«, sagt Lilly. »Das musste ich meinem Onkel versprechen, sonst hätte er mir die Reise gar nicht erst erlaubt.«

»Ja, meine Eltern rechnen an Silvester auch fest mit mir«, stimmt Gustav zu. »Bis dahin müssen wir zurück sein.«

»Genau«, sagt Lilly. »Und früher können wir nicht zurückkommen, das wäre verdächtig und würde nur zu unangenehmen Fragen führen.«

»Okay«, sage ich. »Das heißt, wir sind wie viele Tage weg?«

»Zehn«, sagt Aaron, während sich erste Schweißtropfen auf seiner Stirn bilden. »Es sind genau zehn Tage. Tage.«

»Alles klar, dann reichen zwei T-Shirts«, stelle ich fest.

»Du wechselst deine T-Shirts nur alle fünf Tage?«, fragt Lilly und verzieht angeekelt das Gesicht.

»Nein«, sage ich. »Einmal pro Woche, wie die Unterhosen. Wieso, macht ihr das öfter?«

»Allerdings«, sagt Lilly und verdreht dabei die Augen. »Ich glaube, wir müssen dir noch einiges beibringen, was das Leben in der Menschenwelt betrifft.«

»Gern«, sage ich. »Es gibt noch ganz viel, was ich hier oben nicht kapiere. Zum Beispiel, wieso Aaron plötzlich so komisch aussieht.«

Aarons Kopf ist knallrot, sein Gesicht schweißüberströmt und er atmet sehr schwer.

»Wie viel … Grad … sind es … eigentlich … in der … Hölle? Hölle?«, fragt er keuchend.

»Keine Ahnung«, sage ich schulterzuckend. »Fluxus hatte mal ein Thermometer von oben mitgebracht, das ist sofort geplatzt.«

»Echt? Als wir unten waren, kam es mir gar nicht so heiß vor«, sagt Gustav.

»Da waren … wir auch … scheintot. Scheintot«, japst Aaron.

»Das stimmt natürlich«, sagt Gustav.

»Zieh das Ding besser aus«, schlägt Lilly Aaron vor. »Sonst ist gleich nichts mehr von dir übrig.«

Aaron schlüpft aus dem T-Shirt, sein ganzer Körper dampft.

»Puh«, stöhnt er. »Damit könnte man in der Arktis schwimmen gehen und würde noch schwitzen. Schwitzen.«

»Also, wie viele davon soll ich denn nun einpacken?«, wende ich mich an Lilly. »Drei?«

»Zehn«, sagt Lilly bestimmt. »Du nimmst zehn T-Shirts mit. Für jeden Tag eins. Und natürlich zehn Unterhosen.«

»Zehn T-Shirts? Und Unterhosen?«, erwidere ich entsetzt. »Aber dann muss ich die ja die ganze Zeit mit rumschleppen. Wieso denn so viele?«

»Damit wir nicht sterben, weil wir vor lauter Gestank nicht mehr atmen konnten, und dann in irgendeinem französischen Hotelzimmer tot aufgefunden werden«, sagt Lilly.

»Cornibus mag Luzie Gestank. Luzie Gestank gut. Ahorn Gestank auch gut. Aber jetzt noch besser.«

Cornibus springt wieder in Aarons Arme und schnuppert genüsslich an ihm herum.

»Kann Cornibus auch in Aaron Tasche nach Schrankreich?«, fragt er.

»Das wissen wir leider noch nicht«, antworte ich seufzend. »Ich habe ja eine Idee, wie Aaron mitkommen kann, aber dafür brauchen wir Auribus. Hat ihn mittlerweile irgendjemand gesehen?«

Die anderen schütteln den Kopf.

»Ich war vorhin unten im Krankenzimmer«, sage ich. »Die Vertretungsschwester hat gesagt, er wollte um zwei Uhr zurück sein. Ich habe ihm eine Nachricht hinterlassen, dass wir uns um drei hier treffen, aber offenbar ...«

Es klopft an der Tür. Dreimal lang, dreimal kurz ... Stille. Wir sehen uns verwundert an.

»Wer ist da?«, rufe ich.

»Schwester Miriam!«, ertönt die Antwort.

Ich gehe zur Tür und öffne sie. Es ist tatsächlich Auribus, er hat einen Aktenkoffer in der Hand.

»Was ist denn mit unserem geheimen Klopfzeichen?«, frage ich.

»Hab ich doch gemacht.«

»Hast du nicht. Da fehlte noch zweimal kurz am Schluss.«

»Ach, Mist, hab ich vergessen. Ich kann mir solche Sachen doch nie merken.«

»Du bist ein Meister-Spion und kannst dir so ein einfaches Klopfzeichen nicht merken?«, wundere ich mich.

»Wir Dämonenspione brauchen so was normalerweise nicht. Wenn wir irgendwo reinwollen, beißen wir einfach ein Loch in die Tür.«

»Na ja, egal, Hauptsache, du bist da, komm rein.«

Auribus betritt mein Zimmer und begrüßt die anderen, ich schließe die Tür hinter ihm.

»Wo warst du denn eigentlich die letzten Tage?«, frage ich.

»Unten«, antwortet er. »Steven hat mich runterbeordert, er hat noch ein paar Sachen für unsere Reise vorbereitet.«

Der gute Steven. Er ist bei uns in der Hölle für die Technik zuständig, ich mag ihn sehr gern.

Auribus setzt sich aufs Bett und öffnet den Aktenkoffer.

»So, was haben wir denn da? Ich habe einfach alles mitgebracht. Hier sind die Zugtickets, die habe ich ja besorgt. Wir fahren morgen um 10:21 Uhr los, sind dann gegen Mittag in Frankfurt und fahren um 12:58 Uhr weiter nach Paris.«

»Und da ist mein Vater irgendwo? In Paris?«, frage ich.

»Nein. Steven konnte ihn zuletzt in Nantes ausfindig machen. Hier, er hat sogar ein Bild von ihm am Bahnhof. Absolut sicher ist er sich nicht, aber das müsste dein Vater sein.«

Auribus streckt mir ein ausgedrucktes Foto entgegen. Darauf ist ein Mann von schräg oben zu sehen. Er trägt eine Mütze, man sieht sein Gesicht nicht komplett, außerdem ist das Bild leicht unscharf. Ich betrachte es konzentriert.

»Das soll mein Vater sein?«, frage ich skeptisch.

»Beachte die zwei kleinen Beulen oben auf der Mütze«, sagt Auribus. »Steven ist sich ziemlich sicher, dass das Hörner sind.«

Stimmt, jetzt sehe ich die Beulen auch, sie sind winzig, aber deutlich zu erkennen. Ja, doch, das könnte er sein. Und wenn er es ist, scheint es ihm gut zu gehen, sonst wären die Hörner länger – sie wachsen proportional zu seiner schlechten Laune. Ich atme erleichtert auf. Das ist das erste Lebenszeichen, seit er aus der Hölle geflüchtet ist. Nicht, dass ich mir Sorgen gemacht hätte, dass er nicht mehr lebt – schließlich ist er unsterblich –, aber Sorgen gemacht habe ich mir trotzdem. Es ist schön zu wissen, dass er da irgendwo in Frankreich herumläuft und offenbar gute Laune hat.

»Das heißt, er ist jetzt in Nantes?«, frage ich.

»Nein, wahrscheinlich nicht mehr. Aber dein Onkel ist sich ziemlich sicher, dass er dort in der Nähe irgendwo am Meer ist. Das Meer hätte ihn schon als Kind immer fasziniert und er hat wohl mal gesagt, wenn er irgendwann in Rente geht, möchte er am Meer leben, am liebsten in der Bretagne.«

Dann hoffe ich mal, dass Onkel Gabriel recht hat. Wie es ihm wohl geht? Er muss die ganze Hölle allein schmeißen, seit Papa verschwunden ist, das ist bestimmt nicht leicht.

»Cornibus liebt auch Bretagne! Aber nur Gemüse!«

»Lasagne«, verbessere ich ihn. »Du magst Gemüse-Lasagne.«

Das gab's letzte Woche hier zu Mittag und ich habe den Fehler gemacht, ihm ein Stück mitzubringen. Seitdem schreit er jeden Tag danach.

»Ja, Schlasagne! Sagt Cornibus doch! Lecker! Mehr Schlasagne für Cornibus! Jetzt!«

»Es gibt aber jetzt keine Lasagne, Cornibus«, sage ich. »Aber mach dir keine Sorgen, ich bin mir sicher, in Frankreich gibt es ganz viele leckere Sachen für dich.«

»Schlotzolade in Schrankreich?«

»Ja, in Frankreich gibt es ganz sicher auch Schokolade«, sage ich und wende mich wieder an Auribus. »Warum fahren wir denn nach Paris, wenn wir nach Nantes wollen?«

»Weil wir in Paris umsteigen müssen«, erklärt er. »Es fährt kein Zug direkt nach Nantes. Und weil wir nicht erst abends in Nantes ankommen wollen, übernachten wir sogar in Paris.«

»Oh, das ist ja super!«, sagt Lilly begeistert. »Paris soll so schön sein, da wollte ich schon immer mal hin. Und dann haben wir ja sogar ein bisschen Zeit, um uns was anzugucken.«

»Angucken?«, frage ich verwundert. »Was willst du dir denn angucken?«

»Na, die Stadt, die Häuser, die Champs-Élysées, den

Triumphbogen, den Louvre, alles Mögliche, da gibt es so viel zu sehen.«

»Du willst dir Häuser angucken?«, hake ich verwundert nach. »Wieso denn? Gibt's da andere Häuser als hier im Dorf?«

Kapier ich nicht. Was soll denn an Häusern so toll sein? Ich meine, unten im Dorf habe ich jetzt, glaube ich, alle Häuser mindestens einmal gesehen. Sie haben teilweise unterschiedliche Farben, das ist aber auch schon alles, was mir dazu einfällt. Was soll denn so spannend daran sein, sich Häuser anzugucken?

»Äh … ja, natürlich gibt's da andere Häuser«, sagt Lilly. »Was denkst du denn? Das ist eine richtige Großstadt.«

»Und das heißt, da sind die Häuser größer, oder wie?«, will ich wissen.

»Klar«, sagt Lilly. »Größer, älter, schöner, beeindruckender, einfach alles.«

»Du willst dir also in Paris alte Häuser angucken?«, frage ich vorsichtshalber noch mal nach. »Kapier ich nicht.«

»Was gibt's denn da zu kapieren?«, erwidert Lilly verwirrt. »Das ist doch ganz normal, dass man sich was anguckt, wenn man in einer fremden Stadt ist.«

»Ich glaube, Luzie hat noch nicht viel von der Oberwelt gesehen«, sagt Aaron. »Wahrscheinlich kennt er nur die Schule und das Dorf. Dorf.«

»Das stimmt«, sage ich. »Ich war bisher nur hier. Sieht es denn woanders anders aus?«

»Das wirst du ja dann morgen sehen«, sagt Lilly breit grinsend. »Ich glaube, wir müssen uns auf einen völlig überwältigten Luzie einstellen, Jungs. Wart ihr denn schon mal in Paris?«

»Ich war noch nie im Ausland«, sagt Gustav. »Wir machen immer nur Urlaub im Allgäu, weil es da so viele Höhlen für meinen Vater zum Erforschen gibt.«

»Ich war schon einmal in Frankreich«, sagt Aaron. »In Straßburg. Aber da war ich nur im Krankenhaus bei einem Hirnspezialisten. Danach hatte ich noch mehr Ticks. Ticks.«

»Dann wird das ja für uns alle eine Premiere«, sagt Lilly. »Das wird echt spannend. Wo übernachten wir denn in Paris? In einem Hotel?«

»Das weiß ich noch nicht«, antwortet Auribus. »Ich habe nichts reserviert, Spione entscheiden immer spontan, wo sie übernachten, damit ihnen niemand auflauern kann.«

»Wer sollte uns denn auflauern?«, frage ich. »Wir sind doch nicht auf der Flucht oder so. Wir suchen nur meinen Vater und außer uns weiß das ja auch niemand.«

»Alte Spionageregel: Man kann nie vorsichtig genug sein«, sagt Auribus. »Irgendwo gibt es immer jemanden, der hinter dir her ist.«

»Das könnte aber schwierig werden, ohne Reservierung eine Unterkunft zu finden«, sagt Gustav. »Es ist kurz vor Weihnachten, da ist Paris bestimmt sowieso überfüllt mit Touristen. Oder es wird sehr teuer.«

»Geld spielt keine Rolle«, sagt Auribus und holt etwas aus dem Aktenkoffer. »Steven hat das hier für dich gebastelt, Luzie.«

Er streckt mir eine kleine Karte aus Plastik entgegen, auf der mein Tarnname Vitus von Turbsnatas und ein paar Zahlen stehen.

»Was ist das?«, frage ich.

»Das ist eine Kreditkarte«, sagt Lilly.

Ich sehe sie fragend an, weil ich nicht weiß, was eine Kreditkarte ist.

»Das ist quasi Geld«, erklärt Lilly. »Damit kann man fast überall bezahlen.«

»Sie hat kein Limit«, sagt Auribus. »Um Geld müssen wir uns also keine Sorgen machen. Ach ja, eine Sache hab ich noch.«

Er zieht wieder etwas aus dem Aktenkoffer und streckt es mir entgegen. Es ist eine Art Armbanduhr. Ich nehme sie und betrachte sie neugierig. Es ist nichts darauf zu sehen, keine Zeiger, keine Zahlen, alles ist schwarz.

»Zieh sie an«, sagt Auribus.

Ich lege sie um mein Handgelenk, die Uhrzeit erscheint groß in blauen Ziffern.

»Drück auf den Knopf an der Seite«, sagt Auribus.

Ich drücke, ein Klingeln ertönt. Es hört kurz auf, dann klingelt es wieder. Ich schaue Auribus fragend an.

»Abwarten«, sagt er grinsend.

Es klingelt noch zweimal, dann erscheint plötzlich Stevens Gesicht, wo eben noch die Uhrzeit stand.

»Luzie?«, erklingt seine Stimme kratzig aus der Uhr. »Luzie, bist du das? Ah ja, jetzt kann ich dich sehen. Siehst du mich auch?«

»Ja«, antworte ich. »Wie cool! Wie hast du das denn hingekriegt?«

»Das ist nur ein Prototyp, ich arbeite noch daran. Der Akku hält wahrscheinlich nicht lang und ich konnte noch nichts entwickeln, womit du ihn da oben aufladen kannst. Aber ich kann dich damit immer orten. Und wenn du den Knopf dreimal schnell hintereinander drückst, kriege ich auf jeden Fall ein Notsignal. Dann weiß ich, dass bei euch irgendwas nicht stimmt, und kann Hilfe schicken.«

»Das ist super«, sage ich.

»Die Verbindung ist sehr instabil und hält höchstens eine Minute«, erklärt Steven weiter. »Deshalb mache ich es kurz. Ich wünsche euch eine gute Reise! Seid vorsichtig! Ich hoffe, ihr findet deinen Vater schnell! Sollte ich in der Zwischenzeit neue Informationen über seinen Aufenthaltsort erhalten, melde ich mich.«

»Ja, mach das bitte!«

»Hier ist noch jemand, der kurz Hallo sagen will!«

Onkel Gabriel schiebt sich ins Bild.

»Hallo Luzie!«, ruft er. »Geht's dir gut?«

»Hallo Onkel Gabriel!«, rufe ich zurück. »Ja, alles gut bei mir!«

»Ich drücke euch ganz fest die Daumen, dass ihr deinen Vater findet! Mir war nie klar, was er hier unten alles leistet! Lang schaffe ich das nicht mehr allein, wir brauchen ihn! Sag ihm das bitte, wenn ihr ihn findet!«

»Das mach ich!«

»Und gebt nicht zu viel Geld aus! Hörst du? Nur weil

diese Kreditkarte kein Limit hat, heißt das noch lange nicht, dass ihr ...«

Die Verbindung ist abgebrochen – keine Sekunde zu früh, würde ich sagen. Onkel Gabriel und seine Sparmaßnahmen, damit hat er mich unten schon immer genervt, auch wenn ich ihn ansonsten sehr gern mag.

»Gut, dann wäre so weit alles geklärt«, sagt Auribus und schließt den Aktenkoffer. »Habt ihr was dagegen, wenn ich mich kurz in meine eigentliche Form zurückverwandle? Ich würde mich gern mal etwas ausstrecken.«

»Nein, mach ruhig«, sagt Lilly.

Auribus verwandelt sich in seine Dämonengestalt und macht es sich auf meinem Bett gemütlich.

»Aaaaah, das tut gut!«

»Apropos verwandeln«, sage ich. »Ich hätte da noch einen kleinen Anschlag auf dich vor, der dir wahrscheinlich nicht gefallen wird.«

»Okay«, sagt Auribus. »Schieß los. Einen Meister-Dämonenspion kann nichts schrecken.«

»Du kannst doch jede menschliche Form annehmen, die du willst, oder?«, frage ich.

»Ja. Nicht nur menschliche Formen. Ich kann mich auch in einen Stuhl verwandeln. Oder in einen Baum, was immer du willst.«

»Also könntest du dich auch in Aaron verwandeln?«

»Klar, das wäre gar kein Problem.«

»Auch für längere Zeit am Stück?«

»Ja, natürlich. Für meine Abschlussprüfung im Tarnen war ich drei Monate lang eine Ampel. Und ich habe selbstverständlich eine Eins dafür gekriegt. Warum willst du das wissen?«

»Na ja«, sage ich. »Aaron muss doch eigentlich ins Krankenhaus. Aber dann kann er nicht mit nach Frankreich. Nun wäre die Frage, ob du nicht für ihn ins Krankenhaus gehen könntest?«

»Das könnte ich schon machen«, sagt Auribus. »Aber dann kann ich ja nicht mit euch nach Frankreich.«

»Deswegen habe ich gesagt, dass es dir wahrscheinlich nicht gefallen wird«, sage ich.

»Ich würde euch nur ungern alleine fahren lassen«, sagt Auribus. »Wer passt denn auf euch auf oder beschützt euch, wenn es Probleme gibt?«

»Ich denke nicht, dass es Probleme geben wird«, erwidere ich. »Es ist ja niemand hinter uns her oder so. Wir machen nur eine kleine Reise. Außerdem haben Lilly und ich noch die Kraft der blauen Blitze, die uns im Notfall helfen wird. Ich hätte dich natürlich wirklich gern dabei, aber Aaron bräuchte ich in diesem Fall dringender. Außerdem würde ich ihm gern das blöde Krankenhaus ersparen.«

»Das ist deine Entscheidung«, sagt Auribus. »Du bist der Chef. Wenn du sagst, ich soll als Aaron ins Krankenhaus gehen, dann mache ich das gern.«

»Das ist sehr lieb von dir, danke«, sage ich. »Könnten wir das dann vielleicht gleich mal ausprobieren? Aaron wird nachher um sechs schon von seinen Eltern abgeholt.«

»Ach so, heute schon, okay, kein Problem«, sagt Auribus und steht auf.

Er stellt sich vor Aaron und mustert ihn ausgiebig.

»Es ist schwer, sich in eine existierende Person zu verwandeln«, erklärt Auribus. »Da müssen die Proportionen genau stimmen. Und das erste Mal ist sowieso am schwersten, das dauert auch etwas länger.«

Er holt tief Luft und hält den Atem an. Sein Körper

beginnt zu brodeln, es bilden sich überall kleine Bläschen, die rasch zerplatzen und sich in winzige Rauchwolken auflösen. Alles zittert und schwabbelt, sein mächtiger Körper wird immer kleiner. Dann gibt es eine große Verpuffung und er ist komplett von Rauch umhüllt.

»Ich … öchö … mach mal … öchö … das Fenster auf«, sagt Gustav hustend.

Als der Rauch sich verzogen hat, stehen zwei exakt gleich aussehende Aarons vor uns. Wahnsinn. Auf den ersten Blick kann ich nicht erkennen, welcher der echte ist – der linke oder der rechte?

»Cornibus verflirrt. Zwei Ahorn ein Ahorn zu viel.«

»Das heißt verwirrt, Cornibus«, verbessere ich ihn. »Aber ich kann dich gut verstehen, die Ähnlichkeit ist verblüffend. Sag mal was, Auribus.«

»Hallo, ich bin Aaron«, sagt der linke.

»Hallo, ich auch«, sagt der rechte. »Tut mir leid. Mir leid.«

Er tritt dem linken mit voller Wucht ans Schienbein.

»Aaaaaaaaah!«, brüllt der linke und hüpft auf einem Bein durch den Raum.

Alles klar, der rechte ist der echte Aaron.

»Das musst du dir gleich merken«, sage ich. »Aaron tritt den Leuten immer ans Schienbein, wenn sie sich ihm zum ersten Mal vorstellen. Das ist einer seiner Ticks.«

»Ja«, sagt Aaron. »Das ist wichtig. Vor allem im Krankenhaus. Das ist eine neue Klinik, da war ich noch nie. Du musst das dann bei allen Ärzten machen, sonst schöpfen meine Eltern Verdacht. Verdacht.«

»Die Stimme hat auch noch nicht gepasst«, stellt Lilly fest. »Sie war zu tief. Und du musst immer das letzte Wort wiederholen. Manchmal sind es auch die letzten zwei.«

»Alles klar«, sagt Auribus-Aaron mit schmerzverzerrtem Gesicht und höherer Stimme. »Ich werd's mir merken. Merken. Merken.«

»Zweimal, nicht dreimal«, verbessert ihn Gustav.

»Okay, zweimal, ’tschuldigung«, sagt Auribus-Aaron.

»Jetzt hast du es gar nicht gemacht«, bemerke ich. »Das ist extrem wichtig, sonst fliegst du gleich schon auf, wenn Aarons Eltern dich abholen. Du musst das unbedingt verinnerlichen.«

»Puh, das ist ganz schön kompliziert«, sagt Auribus-Aaron. »Darf ich mir einen Spickzettel in die Hand schreiben? Spickzettel. Spickzettel.«

»Das *letzte* Wort, Auribus«, verbessere ich ihn. »Immer das letzte Wort. Ich hätte gedacht, als Dämonenspion bräuchte man ein gutes Gedächtnis.«

»Im Gegenteil«, sagt Auribus-Aaron. »Als Dämonenspion muss man alles, was mit einem Auftrag zu tun hat, sofort wieder vergessen, dann kann man nämlich auch nichts verraten. Raten. Raten. Und jetzt muss ich dir in den Hintern treten, oder?«

»Oje, das wird schwierig«, seufze ich kopfschüttelnd. »Für den Spickzettel reichen zwei Hände nicht. Du musst dir ja nicht nur diese beiden Ticks merken. Wie viele Ticks hast du eigentlich, Aaron?«

»Aktuell sind es neununddreißig«, antwortet Aaron. »Aber meine Eltern kennen lediglich siebzehn davon. Die anderen treten nur auf, wenn ich alleine bin. Alleine bin.«

»Alleine bin. Bin«, wiederholt Auribus-Aaron.

»Okay, so macht es keinen Sinn«, sage ich. »Wir haben nur noch zweieinhalb Stunden Zeit, bis Aarons Eltern hier auftauchen. Am besten, ihr zwei geht jetzt rüber in Aarons Zimmer und er erklärt dir dort in Ruhe alle seine Ticks. Schreib dir alles auf die Hände, auf die Arme, hinter die Ohren, wohin auch immer, Hauptsache, du kriegst es hin.«

»Keine Sorge, ich krieg das schon hin. Hin schon. Ach, Mist! Mist!«

»Hey, am Schluss war's richtig!«, sagt Gustav aufmunternd.

Die beiden Aarons verlassen mein Zimmer.

»Okay, hoffentlich schafft er das in der kurzen Zeit«, sage ich zweifelnd. »Dann packe ich jetzt mal fertig. Was ist denn mit den Socken? Da reicht ein Paar, oder?«

»Du wechselst deine Socken nur alle zwei Wochen?«, fragt Lilly mit gerümpfter Nase. »Dann möchte ich aber bitte nie dabei sein, wenn du die Schuhe ausziehst.«

»Cornibus mag Luzie Socken. Luzie Socken sehr lecker.«

»Du isst meine Socken?«, frage ich erstaunt.

»Ja. Aber immer nur eins. Sonst Cornibus Bauchweh.«

»Aha, das erklärt, warum nach dem Waschen immer einzelne Socken fehlen.«

»Wie oft wäschst du denn?«, fragt Lilly. »Einmal im Jahr?«

»Nein, immer, wenn ich etwas Neues anziehe«, antworte ich. »Gestern habe ich eine Unterhose gewaschen.«

»Du wirfst eine einzelne Unterhose in die Waschmaschine?«, fragt Gustav verwundert.

»Na, du hast mir doch selbst erklärt, dass man beim Waschen aufpassen muss und nicht alles zusammen waschen darf.«

»Ja, aber damit meinte ich doch nicht, dass ...«

»Lass gut sein, Gustav«, unterbricht ihn Lilly. »Das bringt jetzt nichts. Aber wenn wir aus Frankreich zurück sind, kriegt unser höllisch schmutziger Freund hier mal ein bisschen Nachhilfe in Sachen Sauberkeit.«

»Das wäre super«, sage ich. »Ich glaube, ich muss noch ganz viel lernen, was das Leben hier oben betrifft.«

»Oh ja, das musst du«, sagt Lilly grinsend.

»Also zwei Paar Socken?«, frage ich.

»Zehn«, sagt Lilly bestimmt. »Socken werden wie T-Shirts und Unterhosen täglich gewechselt.«

»Aber so viele hab ich gar nicht«, erwidere ich. »Cornibus hat die Hälfte verputzt.«

»Dann kaufen wir unterwegs noch welche, Socken gibt's auch in Paris.«

Mann, ist das kompliziert hier oben. Menschsein ist echt höllisch schwer.

Ein neuer Tick

»Ah, da seid ihr ja«, sagt der Hasenfuß. »Pünktlich auf die Minute. Das hast du eindeutig von deinen Eltern, Aaron. Du warst noch nie zu spät im Unterricht, das steht in deiner Schulakte.«

»Ja, ich bin immer pünktlich. Äh … pünktlich«, sagt Auribus-Aaron.

Er grinst mich an, offenbar ist er stolz, dass er gerade noch so an die Wiederholung gedacht hat.

»Flüssiger«, zische ich ihm zu. »Das muss flüssiger kommen.«

Immerhin kriegt er die Stimmlage jetzt perfekt hin.

Wir stehen vor dem Haupteingang, um Aarons Eltern in Empfang zu nehmen. Direktor Hasenfuß macht das bei allen Eltern so – wahrscheinlich, weil sie jede Menge Geld dafür bezahlen, dass ihre Kinder in St. Fidibus zur Schule gehen dürfen.

Ein grünes Auto fährt langsam auf uns zu.

»Denen muss ich jetzt aber nicht ans Schienbein treten, oder?«, fragt Auribus-Aaron flüsternd.

»Auf keinen Fall!«, flüstere ich zurück. »Das sind deine Eltern, die kennst du doch schon ewig! Nur bei Fremden!«

Das Auto hält direkt vor uns an, ein Mann und eine Frau steigen aus.

»Herr und Frau Anton!«, sagt der Hasenfuß und geht ihnen entgegen. »Schön, Sie wieder hier begrüßen zu dürfen! Ich hoffe, Sie hatten eine gute Fahrt?«

Aaron heißt Anton mit Nachnamen? Das wusste ich noch gar nicht.

»Ja«, antwortet Aarons Vater.

»Bis auf einen kleinen Stau war alles in Ordnung. Die verlorene Zeit hat meine Frau aber mit ihrer rücksichtslosen Fahrweise wieder reingeholt.«

»Rücksichtslos?«, sagt Aarons Mutter. »Wer mit 80 km/h auf der linken Spur herumschleicht, hat ja wohl die Lichthupe verdient.«

»Du bist so dicht aufgefahren, ich hätte den Kofferraum vor uns aufmachen können, Schatz«, erwidert ihr Mann.

»Wer sich zwischen mich und meinen Sohn schiebt, muss damit rechnen, dass ich ihm auf die Pelle rücke«, sagt seine Frau und wendet sich an Auribus-Aaron. »Willst du deine Mutter nicht zur Begrüßung umarmen, mein kleiner Aaron Aloisius? Ich hab dich so vermisst!«

Aaron Aloisius? Wer soll das denn sein? Aloisius hieß bei uns unten mal einer der Kreativ-Dämonen – bis Papa ihn in ein Gummimesser verwandelt und in Abteilung 45 bei den Meuchelnden Messerstechern hat fallen lassen. Ich dachte, Aaron heißt Anton mit Nachnamen. Ich bin verwirrt.

»Du sollst ihn doch nicht bei seinem Zweitnamen nennen«, sagt Herr Anton zu seiner Frau. »Du weißt doch, das ist ihm peinlich.«

Ein Zweitname? Was ist das denn schon wieder? Haben etwa alle hier oben zwei Namen? Wofür denn? Falls mal einer kaputtgeht, oder wie? Reicht einer nicht? Sehr seltsam. Muss ich gleich nachher mal die anderen fragen.

»Das ist der Name meines Großvaters, der ist nicht peinlich, der ist wunderschön«, sagt Aarons Mutter und breitet ihre Arme aus. »Ich warte, mein schnuckeliger kleiner Anton Aloisius.«

Auribus reagiert nicht.

»Los, mach schon, umarm sie«, zische ich ihm zu.

Ich gebe ihm einen kleinen Schubs in ihre Richtung, er stolpert in ihre Arme.

»Äh … hallo Mama. Mama«, sagt er.

Na also, geht doch.

»Mama?«, fragt seine Mutter verwundert. »Ist das etwa schon wieder ein neuer Tick? Du hast mich doch dein Leben lang immer nur Anneliese genannt.«

Oh, Mist. Das hat Aaron wohl vergessen, ihm zu sagen. Oder Auribus hat vergessen, es sich zu merken.

»Äh … ja«, sagt Auribus-Aaron. »Das ist ein … äh … neuer Tick, Mama. Mama.«

»Aber endlich mal ein schöner!«, sagt Frau Anton gerührt und wischt sich eine Träne aus dem Auge. »Das gefällt mir, diesen Tick kannst du gern behalten.«

»Ich … Ich werd's versuchen. Versuchen«, sagt Auribus-Aaron.

Uff, noch mal gut gegangen.

»Hallo Aaron«, sagt Aarons Vater und klopft seinem vermeintlichen Sohn auf die Schulter. »Geht's dir gut? Wer sind denn die beiden jungen Männer hier?«

Er nickt in unsere Richtung.

»Das sind Gustav und Lu..., äh, Vitus«, verbessert sich Auribus-Aaron schnell. »Sie sind meine Freunde. Freunde.«

Wir haben Lilly extra nicht zum Verabschieden mitgenommen, das wäre zu seltsam gewesen. Sie geht ja nicht auf diese Schule, das hätte man nur unnötig kompliziert erklären müssen.

»Ach ja, von Vitus hast du uns schon erzählt«, sagt Frau Anton und wendet sich an uns. »Schön, euch kennenzulernen. Es freut uns sehr, dass Aaron endlich Freunde gefunden hat. Er hatte noch nie Freunde.«

Noch nie? Das verstehe ich nicht. Aaron ist so ein Super-Freund, einen besseren kann sich doch niemand wünschen.

Gustav und ich geben den Eltern artig die Hand zur Begrüßung.

»Und, freut ihr euch darauf, Weihnachten zu Hause zu feiern?«, fragt Aarons Vater.

»Ich feiere nicht zu Hause«, antwortet Gustav. »Ich fahre mit zu Vitus nach Ungarn.«

»Ach ja«, sagt Aarons Mutter. »Aaron hatte ja gefragt, ob er da auch mitfahren kann. Tut uns sehr leid, dass das nicht geht, aber Aarons Gesundheit ist nun mal wichtiger. Vielleicht klappt es beim nächsten Mal. Die Ärzte in dieser neuen Klinik sollen sehr gut sein. Wenn wir Glück haben, finden sie endlich heraus, was mit Aarons Gehirn nicht stimmt.«

»Also, ich finde ja, dass mit seinem Gehirn alles stimmt«, fühle ich mich verpflichtet zu sagen. »Ich kenne kein Gehirn, das besser funktioniert. Aaron weiß viel mehr als wir alle zusammen. Und es geht ihm doch gut, ihm tut nichts weh oder so. Wieso muss er dann immer ins Krankenhaus?«

»Weil er nicht gesund ist«, sagt Aarons Vater. »Das versteht ihr noch nicht, dafür seid ihr noch zu jung.«

Aha, wir sind also zu jung, um das zu verstehen. Blödsinn. Schon mal überlegt, ob ihr vielleicht zu alt seid, um zu verstehen, dass Aaron eigentlich nichts fehlt, außer vielleicht Eltern, die ihn so akzeptieren, wie er ist? Nur weil er sich ein bisschen anders verhält, heißt das doch noch lange nicht, dass er krank ist. Darüber könnte ich mich echt aufregen, aber das lasse ich jetzt lieber. Heute geht es nur darum, ihnen möglichst schnell und reibungslos den falschen Aaron unterzujubeln.

»Seid nicht traurig«, sagt Aarons Mutter. »Wie gesagt, vielleicht klappt es ja beim nächsten Mal.«

»Möchten Sie vielleicht noch auf einen kleinen Imbiss hereinkommen?«, fragt der Hasenfuß. »Sie können doch sicher eine kleine Stärkung gebrauchen, bevor Sie weiterfahren.«

Bitte nicht. Bitte nicht. Bitte nicht. Jede weitere Minute hier ist eine weitere Minute Gelegenheit für Auribus, sich zu verraten.

»Vielen Dank, Herr Hasenfuß«, sagt Aarons Vater. »Aber wir müssen gleich los, in der Klinik erwartet man uns vor 20 Uhr und wir haben noch ein ganzes Stück Fahrt vor uns.«

Uff, sehr gut.

»Vielleicht einen kleinen Happen zum Mitnehmen?«, fragt der Hasenfuß. »Oder etwas zu trinken?«

»Ja, das wäre in der Tat nicht schlecht«, sagt Aarons Vater. »Wir haben nichts mehr zu trinken. Dann müssen wir nicht an der Tankstelle anhalten.«

»Kein Problem, unser Hausmeister kann Ihnen sicher etwas einpacken. Ah, da drüben ist er gerade. Herr Rosenberg!«

Lillys Onkel kommt über den Hof auf uns zugelaufen.

»Herr Rosenberg«, sagt der Hasenfuß. »Wären Sie so

freundlich und würden der Familie Anton ein kleines Getränkepaket für die Fahrt schnüren? Sie sind mit Aaron auf dem Weg ins Krankenhaus.«

»Ach so?«, wundert sich Herr Rosenberg. »Ich dachte, Aaron fährt mit meiner Nichte und den anderen nach Ungarn?«

»Äh, nein«, sage ich schnell. »Das war mal so geplant, klappt jetzt aber leider nicht, weil Aaron ja ins Krankenhaus muss.«

»Aber Lilly hat mir doch gerade vorhin noch erzählt, dass Aaron mitkommt«, erwidert Herr Rosenberg. »Ich bringe euch nämlich morgen früh zum Bahnhof.«

Oh, Mist. Lilly hat wahrscheinlich nicht damit gerechnet, dass ihr Onkel dabei ist, wenn Aaron abgeholt wird. Und er will uns auch noch zum Bahnhof fahren. An Ha-

senfuß hätten wir Aaron sicher noch vorbeischmuggeln können, aber damit haben wir natürlich ein Problem.

»Ach, das hat sie wahrscheinlich nicht mitgekriegt«, sagt Gustav. »Wir haben uns länger nicht gesehen.«

»Aber sie war doch heute Nachmittag erst bei euch drüben«, sagt Herr Rosenberg mit skeptischem Blick.

»Gesprochen, meinte ich«, erwidert Gustav. »Wir haben länger nicht mehr darüber gesprochen. Wegen Aaron. Um ihn nicht daran zu erinnern. Weil er doch so traurig war.«

»Ja«, bestätige ich Gustav schnell. »Er hat sogar geweint, so traurig war er.«

»Du hast geweint?«, quiekt Aarons Mutter verzückt lächelnd und drückt ihren falschen Sohn fest an sich. »Wieso erzählst du uns denn so was nicht? Das ist ja großartig! Schade, dass ich nicht dabei war! Er hat nämlich noch nie geweint, müsst ihr wissen, noch nicht mal als Baby. Das ist ein riesiger Fortschritt für seine Sozialkompetenz. Oh, ich bin so stolz auf dich, Aaron!«

Sie drückt ihn noch fester an sich und knutscht seine Stirn ab.

»Ja, äh, wie auch immer«, sagt Herr Rosenberg. »Dann war das offenbar ein Missverständnis. Ich hole dann mal die Getränke.«

Fünf Minuten später kommt er mit einer Tüte voller Flaschen und Dosen zurück und reicht sie Aarons Vater.

»Vielen Dank«, sagt Herr Anton. »Dann brechen wir jetzt mal auf.«

Aarons Eltern verabschieden sich von Direktor Hasenfuß. Ich umarme Auribus-Aaron und drücke ihn fest an mich.

»Danke noch mal, dass du das machst«, flüstere ich in sein Ohr. »Hast was gut bei mir.«

»Bei mir«, wiederholt er.

»Nicht die letzten Worte anderer Leute!«, zische ich ihm zu. »Nur deine eigenen!«

»Weiß ich doch«, sagt er grinsend. »Das war nur ein Spaß. Keine Sorge, ich krieg das schon hin. Ich drücke euch ganz fest die Daumen, dass ihr deinen Vater schnell findet.«

Die Antons und ihr dämonischer Sohn steigen ins Auto und fahren los.

Gustav und ich verabschieden uns von Hasenfuß und Herrn Rosenberg und gehen zurück ins Gebäude.

»Das ist doch ziemlich gut gelaufen«, stellt Gustav fest.

»Ja, zum Glück«, sage ich. »Es gibt jetzt nur leider einen Haken: Wie kommt Aaron morgen in den Zug, ohne dass Lillys Onkel es mitkriegt?«

»Ich weiß nicht, ob ich hier schlafen kann. Schlafen kann«, sagt Aaron.

»Klar kannst du hier schlafen«, sage ich. »Das macht mir nichts aus.«

»Nein, ich meinte, ich weiß nicht, ob ich hier *schlafen* kann. Ich brauche zum Schlafen eine spezielle Federkernmatratze, die exakt 2 m lang und 1,50 m breit ist, sonst erreiche ich die Tiefschlafphase nicht. Nicht.«

»Ach so. Und die ist wichtig, diese Tiefschlafphase? Was ist denn mit der Hochschlafphase? Reicht die nicht?«

»Nein, die reicht nicht«, sagt Aaron kichernd. »Weil es sie gar nicht gibt. Gibt.«

»Die sollte es aber geben«, erwidere ich grinsend. »Hochschlafphase hört sich nämlich viel freundlicher an als Tiefschlafphase, finde ich.«

»Da muss ich dir absolut recht geben. Recht geben«, sagt Aaron lachend.

Wir liegen nebeneinander auf meinem Bett und

mampfen Schokolade. Cornibus hat es sich auf Aarons Bauch gemütlich gemacht und lässt sich genussvoll von ihm kraulen, wobei natürlich immer wieder mal ein Stück Schokolade in seinen Mund plumpst.

»Es wäre aber schon gut, wenn du bis morgen hier in meinem Zimmer bleibst«, sage ich. »Es wäre blöd, wenn dich jemand draußen auf dem Flur sieht.«

»Ja, ich weiß«, sagt Aaron. »Vielleicht kann ich ja morgen im Zug schlafen, das geht manchmal. Manchmal.«

»Cornibus überall schlafen. Hoch. Tief. Sogar unter Wasser. Am besten mit Bauch voll Schlotzolade.«

»Oder Socken«, sage ich grinsend. »Du kleiner Schlingel.«

»Nein, zu viel Socken nicht gut für Cornibus schlafen. Macht Algträume.«

»Albträume«, verbessere ich ihn und wende mich an Aaron. »Bevor du im Zug schlafen kannst, müssen wir aber erst mal dafür sorgen, dass du auch drinsitzt. Ist dir schon was eingefallen?«

»Nun ja, bis zum Bahnhof brauche ich zu Fuß exakt dreiundzwanzig Minuten. Ich könnte hier eine halbe Stunde vor euch aufbrechen und am Bahnhof unauffällig in den Zug schleichen. Schleichen.«

»Zu riskant«, sage ich. »Es könnte dich jemand auf dem Weg sehen. Im schlimmsten Fall Lillys Onkel dann am Bahnhof. Wir müssen uns etwas anderes einfallen lassen.«

»Ich könnte noch früher loslaufen, wenn alle noch schlafen, und an der nächsten Station einsteigen. Einsteigen.«

»Wie lang bist du denn da unterwegs?«

»Zu Fuß ungefähr zwei Stunden. Stunden.«

»Nein, das finde ich nicht gut. Dann wärst du ja zwei Stunden irgendwo allein im Dunkeln unterwegs. Und wenn was passiert, kriegen wir es gar nicht mit.«

»Cornibus Elefant. Ahorn reiten auf Elefant. Schnell wie der Flitz.«

»Wie der Blitz, Cornibus«, verbessere ich ihn.

»Dieses Angebot würde ich natürlich sehr gern annehmen«, sagt Aaron. »Aber ein Elefant auf der Landstraße würde dann doch zu viel Aufsehen erregen. Erregen.«

»Pferd? Cornibus kann auch Pferd. Nicht so groß.«

»Nein, selbst das wäre noch zu auffällig. Auffällig.«

»Es muss doch noch eine andere Lösung geben«, sage ich grübelnd.

»Luzie Buch gucken«, sagt Cornibus. »Buch immer Lösung.«

»Natürlich!«, juble ich. »Dass ich da nicht gleich draufgekommen bin! Das Buch!«

Ich springe vom Bett und hole mein Handbuch für junge Dämonen vom Schreibtisch.

»Ich hoffe, du willst mich nicht wieder scheintot machen und in einem Sarg transportieren lassen«, sagt Aaron. »Das mit dem Spucken war ziemlich eklig. Eklig.«

»Nein, nein«, sage ich. »Hier steht bestimmt auch etwas Einfacheres und weniger Ekliges drin. Irgendwas Harmloses, das man leicht wieder rückgängig machen kann.«

Ich schlage das Buch auf und will gerade darin blättern, als die Seiten sich von selbst bewegen und an einer Stelle aufgeschlagen bleiben. Ach, stimmt ja, das hat es beim letzten Mal auch schon gemacht, das ist sehr praktisch.

So, mal gucken, was das Buch mir vorschlägt.

Das Rubbeln der rasanten Reduzierung

Mit beiden Handrücken kräftig über die Wangen (bei Gegenständen Seiten) des Zielobjekts (Eigenanwendung möglich) rubbeln und dabei laut rufen:

Passt in meinen Plan nicht rein!
Groß darfst du nun nicht mehr sein!

So lange rubbeln, bis gewünschter Reduzierungsgrad erreicht ist.

Anzuwenden bei akutem Platz- oder Versteckmangel und staturbedingter kämpferischer Chancenlosigkeit. Jederzeit umkehrbar durch Benutzung der Handflächen und entsprechendes Austauschen des Adjektivs.

»Ich glaube, ich habe nicht nur die Lösung für morgen früh, sondern gleichzeitig auch eine für deine Tiefschlafphase gefunden«, sage ich und reiche Aaron das aufgeschlagene Buch.

»Du willst mich schrumpfen? Schrumpfen?«, fragt er.

»Klar, das ist doch perfekt. Dann stecken wir dich in meinen Rucksack und sobald der Zug losfährt, vergrößere ich dich einfach wieder. Vorausgesetzt, wir finden bis dahin heraus, wer oder was ein Adjektiv ist.«

»Kann es sein, dass du im Unterricht so gut wie gar nicht aufpasst?«, fragt Aaron. »Ein Adjektiv ist ein Eigenschafts- oder Beiwort. In der Grundschule heißt es noch Wiewort. Wiewort.«

»Ich war aber nie in der Grundschule«, erwidere ich.

»Ich war ja noch nicht mal in der Untergrundschule. Außerdem gibt es in dem Spruch das Wort *wie* überhaupt nicht, wie soll man denn darauf kommen?«

»Es geht nicht um das Wort wie. Es geht um ein Wort, das beschreibt, *wie* etwas ist. Und davon gibt es nur ein einziges in diesem Spruch. Spruch.«

»Passt? In? Meinen? Plan? ...«

»Sehr geschickt«, unterbricht mich Aaron grinsend. »Wenn du alle Wörter aufzählst, ist das richtige selbstverständlich automatisch dabei. Dabei.«

»Ach, ich weiß es einfach nicht«, sage ich. »Es sind doch auch Ferien. In den Ferien muss man nichts mehr wissen. Sag's einfach, dann haben wir das hinter uns.«

»Groß«, sagt Aaron. »Das Adjektiv in diesem Spruch ist groß. Und das Gegenteil von groß ist welches Wort? Wort?«

»Das weiß ich!«, sage ich stolz. »Das Gegenteil von groß ist klein!«

»Haargenau. Wenn du mich also wieder auf Normalgröße rubbeln willst, musst du klein anstatt groß im Spruch benutzen. Benutzen.«

»Das hätten die auch gleich da reinschreiben können«, bemerke ich. »Aber egal. Sollen wir das gleich mal probieren? Oder willst du nicht geschrumpft werden?«

»Doch, auf jeden Fall, sehr gern, das klingt aufregend. Aufregend.«

Wir stehen auf und stellen uns neben das Bett. Ich lege meine Handrücken an Aarons Wangen und fange an zu rubbeln.

»Passt in meinen Plan nicht rein!«, rufe ich. »Groß darfst du nun nicht mehr sein!«

Es funktioniert! Aaron wird tatsächlich kleiner!

»Alles okay bei dir?«, frage ich. »Wie fühlt sich das an?«

»Das fühlt sich überhaupt nicht an«, antwortet Aaron. »Ich spüre nichts. Nichts.«

»Dann kann ich weitermachen?«

Aaron nickt, ich rubble weiter. Er wird immer kleiner, irgendwann muss ich sogar zum Rubbeln in die Knie gehen. Als er ungefähr die Größe von Cornibus hat, höre ich auf.

»Das müsste reichen, oder?«, frage ich.

»Ja!«, ruft Aaron zu mir nach oben. »So passe ich auf jeden Fall in deinen Rucksack! Rucksack!«

»Und Platz genug im Bett hast du jetzt auch.«

»Ja. Stellt sich nur die Frage, wie ich da hochkomme? Hochkomme?«

Er versucht, an einem der Bettbeine hochzuklettern, rutscht aber immer wieder ab.

»Warte, ich helfe dir«, sage ich.

Ich beuge mich zu ihm herunter, greife mit einer Hand vorsichtig um seinen Bauch, um ihn hochzuheben – aber es geht nicht.

»Was ist denn jetzt los?«, wundere ich mich. »Klebst du am Boden fest?«

Aaron hüpft einmal kurz hoch.

»Nein, das ist es nicht«, stellt er fest. »Vielleicht hast du irgendwas falsch gemacht. Gemacht.«

Ich schnappe mir das Buch und schaue mir die Seite noch einmal an.

»Ah, warte mal, da steht noch was Kleingedrucktes, das hab ich überlesen«, sage ich.

Was steht denn da? Das ist so klein geschrieben, dass ich es kaum entziffern kann.

Achtung: Nicht als Diätmaßnahme geeignet. Gewicht des reduzierten Objekts bleibt unverändert.

»Wie viel wiegst du?«, frage ich Aaron.

»Ich wiege heute exakt einundvierzig Kilo und sechzig Gramm«, antwortet er. »Ich überprüfe mein Gewicht jeden Morgen um exakt 7:15 Uhr. Gestern waren es zwanzig Gramm weniger. Weniger.«

»Einundvierzig Kilo? Kein Wunder, dass ich dich nicht mit einer Hand hochheben kann. Warte, das machen wir anders.«

Ich verschränke meine Finger ineinander und beuge mich zu Aaron hinunter.

»Setz dich da rein«, sage ich. »Dann müsste es gehen.«

Er setzt sich und ich wuchte ihn nach oben.

»Verdammt, das ist ganz schön schwer«, stöhne ich. »Das wird kein Spaß, morgen früh den Rucksack zu schleppen.«

Ich setze Aaron auf dem Bett ab.

»Ahorn geschlumpft!«, sagt Cornibus entzückt. »Noch besser knuddeln mit Cornibus!«

»Geschrumpft«, verbessere ich ihn.

»Nein, geschlumpft«, erwidert Cornibus. »Cornibus gelernt von blauen Dämonen. Wohnen in Wald. Ganz klein. Cornibus fast draufgetreten.«

»Kleine blaue Dämonen?«, frage ich skeptisch. »Hab ich ja noch nie gehört. Das hast du bestimmt nur geträumt.«

»Ahorn Cornibus knuddeln!«, fordert Cornibus. »Jetzt!«

»Sehr gern«, sagt Aaron und drückt Cornibus fest an sich, wobei er fast in seinem Fell verschwindet. »Das ist die mit Abstand kuscheligste Erfahrung meines Lebens. Lebens.«

Ich pflanze mich neben die beiden aufs Bett.

»Geht das so?«, frage ich Aaron. »Hast du jetzt genug Platz für deine Tiefschlafphase?«

»Ja, das müsste reichen«, antwortet Aaron und breitet sich neben mir aus. »Hast du vielleicht noch ein Kissen für mich? Für mich?«

»Cornibus Kissen! Bester Kissen von Welt! Oben und unten!«

Aaron legt seinen Kopf auf Cornibus' dicken Bauch und seufzt wohlig.

»Noch ein Stück Schokolade, Aloisius?«, frage ich.

»Oh nein«, stöhnt er. »Hat meine Mutter mich beim Abholen etwa so genannt? Genannt?«

»Ja«, sage ich grinsend. »Haben eigentlich alle Menschen noch einen zweiten Geheimnamen?«

»Nein, nur manche. Und meistens sind diese Namen ganz schrecklich, so wie meiner. Aloisius. Ich hasse diesen Namen. Namen.«

»Hat Gustav auch einen?«, will ich wissen.

»Er hat sogar zwei«, antwortet Aaron. »Und der eine ist noch blöder als meiner. Sein kompletter Name lautet Gustav Christoph Maria Wagner. Wagner.«

»Ha, ha, das ist ja echt blöd!«, sage ich lachend. »Das hab ich ja noch nie gehört! Du veräppelst mich doch! Wer heißt denn schon Christoph? Das klingt ja total bescheuert!«

Aaron kichert.

»Das ist zwar nicht der Name, den ich meinte, aber es freut mich, dass er dich erheitert. Erheitert.«

»Du hast meine Frage noch nicht beantwortet«, sage ich.

»Welche Frage? Frage?«

»Noch ein Stück Schokolade, Aloisius?«

»Ja. Ganz viel Schlotzolade für Läusebus. Und für Cornibus auch.«

Wir lachen. Ich verteile Schokolade und wir mampfen fröhlich vor uns hin.

»Ich fand deine Eltern übrigens sehr nett«, sage ich nach einer Weile. »Ich meine, bis auf die Tatsache, dass sie glauben, mit deinem Gehirn stimmt etwas nicht. Mit deinem Gehirn ist nämlich alles in Ordnung. Das habe ich ihnen auch gesagt.«

»Das ist lieb von dir, hat aber wahrscheinlich nichts gebracht. Wie haben sie reagiert? Reagiert?«

»Dein Vater hat gesagt, ich sei zu jung, um das zu verstehen.«

»Ja, das ist typisch mein Vater. Dabei ist er derjenige, der nichts versteht. Und er traut mir überhaupt nichts zu. Dabei war ich bereits in der Hölle. Hölle.«

»Deine Mutter hat nichts dazu gesagt. Aber ich glaube, sie hat dich sehr lieb. Ist das bei allen Müttern so? Dass sie ihre Kinder so lieb haben?«

Ich habe keinerlei Erfahrung mit Müttern, da ich

selbst nie eine hatte. So wie Lilly. Wobei, nein, das stimmt nicht. Ihre Mutter ist bei Lillys Geburt gestorben, ich hatte nie eine, so wie alle Dämonen. Aber Lilly vermisst ihre Mutter, obwohl sie sie nie kennengelernt hat. Wie kann man denn jemanden vermissen, den man nie kannte? Vielleicht funktioniert das nur mit Müttern? Auf jeden Fall sind Mütter hier oben offenbar sehr wichtig. Das hat bestimmt etwas mit dem Liebhaben zu tun.

»Ich denke schon«, sagt Aaron. »Ich glaube, meine hat mich ein bisschen zu lieb. Deswegen macht sie sich ständig Sorgen um mich und schleppt mich von einem Krankenhaus ins nächste. Nächste.«

»Ja, das habe ich heute verstanden. Vorher dachte ich immer, sie machen das, weil sie dich nicht leiden können.«

»Nein, sie meinen es ja nur gut, das weiß ich. Und ich werde sie auch vermissen, wenn wir in Frankreich sind. Ich habe bis jetzt jedes Weihnachten mit ihnen verbracht, selbst im Krankenhaus. Krankenhaus.«

»Wenn du lieber hierbleiben möchtest, musst du es sagen. Ich will nicht, dass du meinetwegen Weihnachten oder sonst irgendwas verpasst, was dir wichtig ist.«

»Nein, das ist schon in Ordnung. Du bist mein bester Freund und ich will dir helfen, deinen Vater zu finden, damit du ihn nicht mehr vermissen musst. Das ist wichtiger, als Weihnachten zu feiern. Weihnachten ist jedes Jahr. Jedes Jahr.«

Ja, das stimmt. Ich vermisse meinen Vater. Sehr sogar. Mehr, als ich erwartet hatte. Es ist ja nicht so, als wäre er immer nett zu mir – schließlich ist er der Teufel. Trotzdem, selbst sein Geschrei fehlt mir. Ob ich ihm wohl auch fehle? Wenigstens ein ganz kleines bisschen? Wahrscheinlich nicht, sonst wäre er ja längst von selbst zurückgekommen. Wobei, er weiß höchstwahrscheinlich noch nicht, dass in der Hölle wieder alles in Ordnung ist. Na ja, egal, suchen muss ich ihn so oder so. Und es ist schön zu wissen, dass mein bester Freund mir dabei hilft. Na ja, Gustav ist auch mein bester Freund. Und Lilly auch. Geht das? Kann man mehrere beste Freunde haben? Ja, kann man, das habe ich gerade beschlossen.

»Ich bin sehr froh, einen besten Freund wie dich zu haben«, sage ich zu Aaron.

»Cornibus auch froh. Luzie bester Freund. Ahorn bester Freund. Schlotzolade bester Freund. Cornibus glücklich.«

»Sehr gut«, sage ich und ziehe die Bettdecke nach oben. »Lasst uns schlafen. Wir haben morgen einen aufregenden Tag vor uns. Gute Nacht.«

Ich schalte das Licht aus.

»Gute Nacht. Nacht«, sagt Aaron leise.

»Nachtnacht.«

Mikromort

»Uff!«, stöhne ich. »Kannst du dich nicht irgendwie leichter machen?«

»Tut mir leid«, ertönt es aus meinem Rucksack. »Das ist physikalisch nicht möglich. Nicht möglich.«

»Soll ich ihn nehmen?«, fragt Gustav.

»Nein, geht schon«, antworte ich.

Ich wuchte den Rucksack mit viel Mühe über meine Schulter.

»Haben wir alles?«, frage ich.

»Ich denke schon«, sagt Gustav.

»Cornibus?«

Ich greife vorsichtig in meine Jackentasche und spüre etwas Pelziges.

»Cornibus Hunger.«

»Du kriegst nachher im Zug was. Aber nur, wenn du eine Maus und brav da drinbleibst. Verstanden?«

Ein Grummeln als Antwort genügt mir.

»Okay, gehen wir, Lilly wartet bestimmt schon unten.«

Wir verlassen mein Zimmer und gehen die Treppe herunter zum Ausgang. Verflixt, ist dieser Rucksack schwer, er schneidet unangenehm in meine Schulter.

Als wir draußen ankommen, stehen Lilly und ihr Onkel bereits vor dem Auto. Gustav hat Lilly gestern Abend noch berichtet, dass Aaron geschrumpft wurde, um in meinen Rucksack zu passen, sie weiß also Bescheid.

»Da seid ihr ja endlich«, sagt Lilly. »Wir müssen los.«

»Ja, sorry, ging nicht schneller«, sage ich.

»Ich nehme euer Gepäck«, sagt Herr Rosenberg und greift nach meinem Rucksack. »Im Kofferraum ist noch … Holla, ist der schwer! Was ist da drin? Backsteine?«

»Äh … ja«, sage ich, weil mir auf die Schnelle nichts anderes einfällt.

»Du nimmst Backsteine mit nach Hause?«, wundert sich Herr Rosenberg, während er den Rucksack in den Kofferraum hievt.

»Äh, ja«, sage ich. »Die sind für meinen Vater. Er sammelt Backsteine.«

»Seltene Backsteine«,

kommt mir Gustav zu Hilfe. »Antiquarische Backsteine. Die sind ganz alt. Und wertvoll.«

»Genau«, bestätige ich. »Und die dürfen nicht beschädigt werden. Also bitte ganz vorsichtig reinstellen, damit sie nicht herumrutschen oder so.«

»Sachen gibt's«, sagt Herr Rosenberg und lässt den Rucksack in den Kofferraum plumpsen. »Hat dein Vater sonst noch irgendwelche seltsamen Hobbys?«

Ja. Er sieht den Dopingsündern in Abteilung 19 gern dabei zu, wie sie um die Wette verbotene Pillen mit Nitroglycerin futtern müssen, und tippt, wer als Erster explodiert. Aber das kann ich Herrn Rosenberg ja schlecht erzählen.

»Nein«, antworte ich stattdessen. »Nur die Backsteine.«

Herr Rosenberg wirft Gustavs Tasche in den Kofferraum, sie landet direkt auf meinem Rucksack. Der arme

Aaron, hoffentlich hat er nichts abgekriegt. Und hoffentlich wird er nicht zu sehr durchgeschüttelt.

»Dann lasst uns fahren«, sagt Herr Rosenberg. »Ich muss schnell wieder zurück, Direktor Hasenfuß will mir erklären, was ich in den Ferien alles reparieren soll. Als hätte ich nichts Besseres zu tun. Ach, Moment, stimmt ja, ich *habe* tatsächlich nichts Besseres zu tun, weil meine über alles geliebte Nichte mich über Weihnachten allein lässt.«

Lilly wirft uns einen Blick zu und verdreht die Augen.

»Fang bitte nicht schon wieder damit an, Onkel Wolfram. Ich bin doch auch traurig, dass ich nicht mit dir Weihnachten feiern kann. Aber ich freue mich auch sehr auf Ungarn. Und du gönnst mir das doch, oder? Nächstes Jahr feiern wir Weihnachten wieder zusammen, versprochen.«

»Ja, ich weiß«, seufzt Herr Rosenberg. »Und natürlich gönne ich dir das. Ein bisschen Traurigkeit muss trotzdem erlaubt sein.«

Wir steigen ins Auto und fahren los.

Zehn Minuten später sind wir am Bahnhof. Der Zug steht bereits am Gleis.

»Wie gesagt, ich muss gleich wieder zurück«, sagt Herr Rosenberg, während er das Auto parkt. »Ich bringe euch nur schnell in den Zug und dann haue ich wieder ab.«

»Sehr gut«, flüstert Lilly mir zu. »Das erspart mir einen tränenreichen Abschied.«

Wir steigen aus und ich sorge dafür, dass ich meinen Rucksack selbst trage.

»Alles okay da drin?«, zische ich Aaron in einem unbeobachteten Moment zu.

»Ja«, zischt es aus dem Rucksack zurück. »Ich weiß nur nicht mehr, wo oben und unten ist. Unten ist.«

»Dauert nicht mehr lang, dann kannst du raus.«

Wir gehen durch das Bahnhofsgebäude zum Gleis.

»Ihr habt Plätze reserviert, oder?«, fragt Herr Rosenberg. »Wisst ihr noch, in welchem Wagen?«

»Wagen dreiundzwanzig«, antwortet Lilly.

»Das ist weiter vorne«, sagt ihr Onkel und wir laufen ihm hinterher.

Wir steigen in Wagen dreiundzwanzig und laufen den Gang entlang.

Ui, so ein Zug ist ganz schön groß von innen, stelle ich fest. Ich bin ja noch nie Zug gefahren, irgendwie hatte ich mir das alles kleiner vorgestellt.

»Welche Sitznummern habt ihr?«, fragt Herr Rosenberg.

»Moment«, sagt Lilly und zieht die Zugtickets aus ihrer Jackentasche hervor. »Wir haben siebenundvierzig, achtundvierzig, neunundvierzig und ...«

Ich gebe ihr unauffällig einen Stoß.

»Nicht vergessen!«, zische ich ihr zu. »Wir sind nur zu dritt!«

»Äh, ja«, sagt sie laut. »Das war's. Siebenundvierzig bis neunundvierzig.«

»Alles klar, das müsste da hinten sein«, sagt ihr Onkel und läuft weiter.

Er bleibt vor einer verglasten Tür stehen, dahinter sind sechs gemütliche Sitze zu sehen. Wow, das ist ja wie ein kleines Zimmer! Wohnt da jemand? Gibt es Leute, die im Zug wohnen? Das stelle ich mir sehr cool vor.

»Hier sind eure Plätze«, sagt Herr Rosenberg.

»Das ganze Zimmer für uns allein?«, frage ich erstaunt.

»Ha, ha! Zimmer! Der war gut!«, lacht Lilly gespielt laut und klopft mir auf den Rücken. »Du immer mit deinem schrägen ungarischen Humor! Ich könnt mich schlapp lachen!«

Okay, kapiert. Ich sollte lieber meine Klappe halten, solange Herr Rosenberg dabei ist, sonst verplappere ich mich ständig.

»Ihr seid nicht allein«, sagt Herr Rosenberg und schaut dabei auf ein kleines Schild an der Tür. »Platz Nummer fünfzig ist auch reserviert. Aber vielleicht habt ihr ja Glück und es ist jemand Nettes.«

Nicht nur vielleicht, dieses Glück werden wir garantiert haben, denn das ist Aarons Platz.

Wir betreten das Zimmer und legen unser Gepäck in die Fächer über den Sitzen.

»Habt ihr alles, was ihr braucht?«, fragt Herr Rosenberg. »Ich muss dann nämlich schnell zurück, Direktor Hasenfuß wartet auf mich.«

»Ja, keine Sorge, wir haben alles«, sagt Lilly. »Du kannst ruhig gehen.«

Herr Rosenberg schließt Lilly in seine Arme und drückt sie fest an sich.

»Mach's gut, meine Kleine«, sagt er. »Hab ganz viel Spaß in Ungarn. Und vergiss deinen alten Onkel nicht. Ich vermisse dich jetzt schon.«

»Ich dich auch, Onkel Wolfram«, sagt Lilly. »Du wirst sehen, ich bin schneller wieder da, als dir lieb ist. Dann hast du mich wieder von morgens bis abends an der Backe.«

Er lässt sie los und wischt sich ein paar Tränen aus den Augen.

»Und ihr passt gefälligst auf sie auf«, wendet er sich an Gustav und mich. »Wenn ihr etwas passiert, mache ich euch persönlich dafür verantwortlich.«

»Wir passen gut auf Lilly auf, versprochen«, sagt Gustav.

»Ja, versprochen«, stimme ich zu.

»Gut«, sagt Herr Rosenberg. »Lilly, ich erwarte, dass du dich mindestens einmal täglich meldest. Du musst nicht anrufen, aber ab und zu eine SMS wäre schön. So, jetzt muss ich aber wirklich los. Ich wünsche euch eine gute Fahrt und eine schöne Zeit. Wir sehen uns dann in zehn Tagen.«

Wir verabschieden uns von Herrn Rosenberg. Er verlässt den Zug, winkt uns von draußen noch kurz zu und verschwindet.

»Puh«, seufzt Lilly und lässt sich in einen der Sitze fallen. »Das hatte ich mir schlimmer vorgestellt. Zum Glück musste er weg.«

»Ja, das war doch okay«, sagt Gustav, während er die Glastür zuschiebt. »Hoffentlich will sonst niemand hier sitzen. Wäre schön, wenn wir unter uns bleiben könnten.«

»Das ist übrigens ein Abteil, Luzie«, sagt Lilly. »Kein Zimmer.«

»Okay«, sage ich, während ich meinen Rucksack aus der Ablage hieve. »Tut mir leid, ich war vorher noch nie in einem Zug.«

Ich stelle den Rucksack zwischen uns auf den Boden und öffne ihn.

»Alles okay da drin?«, frage ich.

Aarons Kopf erscheint.

»Endlich frische Luft«, sagt

er japsend. »Bist du dir sicher, dass du alle deine Socken gewaschen hast? Gewaschen hast?«

»Eigentlich schon«, antworte ich. »Könnte aber sein, dass ich eine oder zwei vergessen habe.«

»Kann ich schon rauskommen? Rauskommen?«, will Aaron wissen.

»Lasst uns lieber warten, bis der Zug losgefahren ist«, sagt Gustav. »Dann können wir sicher sein, dass niemand mehr ins Abteil kommt.«

»Ich würde die Rückverwandlung vorsichtshalber nicht hier drin machen«, sagt Lilly. »Am besten, Luzie geht dann mit dir auf die Toilette, die kann man abschließen.«

»Ja, gute Idee«, sage ich. »Solang lassen wir den Rucksack einfach hier auf dem Boden stehen, dann kriegst du wenigstens ein bisschen Licht.«

»Und Luft«, sagt Aaron. »Luft ist wichtiger als Licht. Licht.«

»Cornibus rauskommen?«, erklingt eine Stimme aus meiner Jackentasche.

»Ja«, antworte ich. »Aber verwandle dich in eine Fliege oder so was Ähnliches, das ist unauffälliger. Und falls jemand reinkommt, kannst du schnell an die Decke fliegen.«

Ich spüre, wie meine Jackentasche ein kleines bisschen leichter wird, etwas Grünes fliegt heraus.

»Cornibus Marienkäfer! Aber grün! Viel schöner!«

Er fliegt eine Weile wild zwischen uns hin und her, dann bleibt er an der Scheibe sitzen.

»Willst du einen Fensterplatz?«, fragt mich Lilly.

»Warum?« frage ich zurück.

»Na, weil du doch noch nie Zug gefahren bist«, antwortet sie. »Und am Fenster zu sitzen, ist am schönsten. Da siehst du draußen die Landschaft vorbeiziehen und kannst dir alles angucken.«

Versteh ich nicht. Alte Häuser, Landschaft, immer soll ich irgendwas angucken, wofür denn? Aber okay, wenn es ihr Freude bereitet, mach ich das eben.

»Okay, von mir aus«, sage ich und setze mich ans Fenster.

Lilly setzt sich mir gegenüber, Gustav nimmt neben ihr Platz.

»Was macht man eigentlich auf so einer langen Zugfahrt?«, frage ich. »Außer Landschaft angucken, meine ich.«

»Was du willst«, sagt Lilly. »Ich habe immer etwas zu lesen dabei.«

»Lesen?«, erwidere ich ungläubig. »Aber es sind doch Ferien. Müsst ihr bei dir in der Schule etwa auch in den Ferien lesen? Das ist aber ganz schön fies.«

»Nein«, sagt Lilly lachend. »Ich *muss* nicht lesen. Ich lese freiwillig. Weil es mir Spaß macht.«

»Es macht dir Spaß zu lesen?«, frage ich verwundert. »Hat dir schon mal jemand gesagt, dass du echt seltsam bist?«

»Sagt der Sohn des Teufels«, erwidert sie. »Wenn es ums Seltsamsein geht, stehst du hier ja wohl immer noch an allererster Stelle.«

»Punkt für Lilly«, sagt Gustav grinsend. »Ich lese übrigens auch sehr gern.«

»Punkt für Lilly?«, frage ich. »Was soll das denn bedeuten? Wofür gibt es diese Punkte? Wie viele hat sie denn schon? Hab ich auch welche? Kann man da was gewinnen? Was muss … Oh! Was ist denn jetzt los? Wieso wackelt das Abteil plötzlich? Ist das ein Erdbeben? Haltet euch fest!«

Ich springe auf und klammere mich an die Gepäckablage über mir.

»Das glaubt einem auch keiner«, sagt Lilly kopfschüttelnd. »Der Sohn des Teufels, in der Hölle unter Dämonen aufgewachsen, kriegt Panik, wenn der Zug losfährt.«

Ach so, das ist nur der Zug. Woher soll ich das denn wissen? Das hat gewackelt wie bei einem Erdbeben unten in der Hölle. Davon gibt es bei uns ständig welche, vor allem, wenn Papa beim Schädel-Bowling verliert, das mag er nämlich gar nicht.

»Lass los und setz dich wieder hin«, sagt Lilly. »Dir passiert schon nichts.«

»Lilly hat recht«, ertönt es aus meinem Rucksack. »Die Eisenbahn ist statistisch gesehen das sicherste aller Verkehrsmittel. Wenn du zehntausend Kilometer Bahn fährst, liegt die Wahrscheinlichkeit für ein Zugunglück bei einem Mikromort. Mikromort.«

»Mikromort?«, frage ich. »So heißen bei uns die Auszubildenden für den Beruf des Sensenmanns. Sie sind

sehr klein, aber für Menschen unwiderruflich tödlich. Wenn so einer hier im Zug ist, sollten wir uns in Acht nehmen.«

»Nein, keine Angst, das ist etwas anderes«, sagt Aaron. »Ein Mikromort ist die Maßeinheit für eine Wahrscheinlichkeit von eins zu einer Million. Million.«

»Oh Mann«, stöhne ich. »Jetzt auch noch Mathe. Das kapier ich doch nicht! Ihr müsst langsam mal euren Schulkopf ausschalten, es sind *Ferien*!«

»Das bedeutet eigentlich nur, dass die Wahrscheinlichkeit, bei einem Zugunglück zu sterben, sehr gering ist. Gering ist.«

»Ach so«, sage ich. »Sag das doch gleich.«

»Es gibt mehr als einen Sensenmann?«, fragt Gustav verwundert.

»Klar, was denkst du denn?«, antworte ich. »Die sind in der ganzen Welt unterwegs, das schafft einer allein doch gar nicht.«

»Könnten wir mich jetzt bitte wieder vergrößern?«, fragt Aaron. »Ich muss mal ganz dringend. Dringend.«

»Ja, das machen wir«, sage ich und stehe auf. »Das passt ja dann auch prima mit der Toilette. Wo ist die denn?«

»Am Ende des Wagens«, sagt Lilly. »Soll ich mitkommen?«

»Nein, das schaffe ich schon«, sage ich und hieve den Rucksack auf meine Schulter. »Bis gleich.«

Ich verlasse das Abteil und gehe nach rechts. Ah ja, da ist die Toilette. Ich öffne die Tür und schlüpfe hinein. Huch, das ist aber eng hier.

»Vergiss nicht abzuschließen. Abzuschließen«, höre ich Aarons Stimme aus dem Rucksack.

Ich schließe die Tür ab und platziere den Rucksack neben dem winzigen Waschbecken. Ich greife hinein, hebe Aaron vorsichtig heraus und stelle ihn auf den Toilettendeckel.

»Bist du bereit?«, frage ich.

»Ja, mach schnell«, sagt er. »Wenn ich in der Nähe einer Toilette bin, wird der Harndrang immer noch stärker. Stärker.«

»Harndrang? Was ist das denn jetzt schon wieder?«

»Ich muss mal! Muss mal!«

»Ach so, okay, alles klar, los geht's.«

Ich beuge mich zu ihm herunter und fange an, mit den Handflächen über seine Wangen zu rubbeln.

»Passt in meinen Plan nicht rein!«, rufe ich. »Klein darfst du nun nicht mehr sein!«

Ich rubble und Aaron wird langsam größer.

»Woher weiß ich eigentlich, wann ich aufhören muss?«, frage ich.

»Keine Ahnung«, antwortet Aaron. »Aber ich hätte nichts dagegen, ein paar Zentimeter größer zu sein. Zu sein.«

»Okay.«

Ich rubble weiter, Aaron wird immer größer, bis er schließlich vom Toilettendeckel steigt. Kurz darauf ist er ungefähr so groß wie vorher. Ich rubble trotzdem weiter, aber irgendwann passiert nichts mehr.

»Größer geht offenbar nicht«, stelle ich fest. »Wahrscheinlich wird alles wieder exakt so groß, wie es vorher war. Tut mir leid.«

»Nicht schlimm«, sagt Aaron und tritt ungeduldig von einem Bein aufs andere. »Hauptsache, ich kann endlich pinkeln. Pinkeln.«

»Alles klar, schieß los.«

»Ich kann nicht pinkeln, wenn mir jemand dabei zuguckt. Du musst dich umdrehen. Umdrehen.«

»Oh, okay, das wusste ich nicht«, sage ich und drehe mich um. »Ist das auch so ein Tick von dir?«

»Nein, das geht vielen Jungs so. Jungs so.«

»Echt? Sehr seltsam. Lilly kann nur im Sitzen pinkeln, du kannst nicht pinkeln, wenn jemand zuguckt, das ist ganz schön kompliziert. Gibt es sonst noch irgendwelche Besonderheiten?«

»Ich kann auch nicht pinkeln, wenn jemand mit mir redet. Redet.«

»Oh, alles klar, ich bin schon ruhig.«

Nach einem Moment ertönt hinter mir ein Plätschern, begleitet von einem erleichterten Seufzer. Ich vergrößere in der Zwischenzeit Aarons Rucksack, den haben wir natürlich auch geschrumpft.

Als Aaron fertig ist, schließe ich die Tür auf, öffne sie und kriege einen Riesenschreck – vor der Tür steht ein Mann in einer Bahn-Uniform. Er hat die Arme vor der Brust verschränkt und sieht uns sehr skeptisch an.

»Aha«, sagt er. »Zwei blinde Passagiere, auf frischer Tat ertappt. Ist euch nichts Besseres eingefallen, als euch auf der Toilette zu verstecken? Das ist der älteste Trick der Bahngeschichte.«

»Wir haben uns nicht versteckt. Versteckt«, sagt Aaron.

»Genau«, stimme ich ihm zu. »Und wir

sind auch nicht blind. Ich kann zum Beispiel den Pickel auf Ihrer Nase genau sehen.«

»Auch noch frech werden, das haben wir gern«, sagt der Mann. »Aber das wird euch schon vergehen, wenn ich euch am nächsten Bahnhof der Polizei übergebe.«

»Vielleicht sollten Sie erst mal nach unseren Fahrkarten fragen, bevor Sie unberechtigte Verdächtigungen aussprechen. Aussprechen«, sagt Aaron.

»Genau«, sage ich. »Wir haben überhaupt nichts gemacht. Das sind alles nur unverdächtige Berechtigungen.«

»Was seid ihr zwei denn für komische Vögel?«, fragt der Mann.

»Zwei komische Vögel mit gültigen Fahrkarten«, erwidert Aaron. »Wir können sie Ihnen gern zeigen. Kommen Sie mit. Mit.«

Aaron stapft voran. Ich will ihm folgen, aber der Schaffner hält mich am Arm fest.

»Nicht so schnell, Freundchen!«, knurrt er. »Hier wird nicht abgehauen!«

»Wir befinden uns in einem Zug, der sich mit geschätzten hundertfünfzig Stundenkilometern vorwärtsbewegt«, sagt Aaron. »Wohin sollten wir denn bitte schön abhauen? Abhauen?«

»Ihr könntet euch auf einer Toilette verstecken«, erwidert der Mann.

»Na, das hat ja beim ersten Mal schon nicht funktioniert. Funktioniert«, sagt Aaron.

»Aha, wusste ich's doch! Ihr habt euch dort versteckt, du hast es gerade zugegeben!«

»Nein, habe ich nicht. Ich habe lediglich versucht, die Situation mit einer kleinen Portion Ironie aufzulockern. Aufzulockern.«

»Lass das! Das mag ich nicht«, knurrt der Schaffner.

»Sie mögen keine Ironie? Ironie?«

»Ich verstehe keine Ironie. Deswegen mag ich sie nicht. Muss ich auch nicht, ich bin Bahnbeamter.«

Ah, dann weiß ich jetzt auch, wo er später mal bei uns landet, in Abteilung 84 bei den Ironielosen Falschverstehern.

»Sollen wir Ihnen jetzt unsere Fahrkarten zeigen oder nicht?«, fragt Aaron. »Sie sind da hinten im Abteil. Abteil.«

»Gut, geht vor«, sagt der Schaffner. »Aber nicht rennen!«

Ich komme zuerst am Abteil an und werfe Gustav und Lilly gleich einen warnenden Blick zu.

»Da sind ja noch zwei von eurer Sorte«, brummt der Schaffner. »Kann ich dann bitte mal die Fahrkarten sehen?«

»Natürlich«, sagt Lilly und zieht die Fahrkarten aus ihrer Tasche. »Ihnen übrigens auch einen schönen Tag.«

Er nimmt sie grummelnd entgegen und mustert sie ausführlich.

»Scheint ja alles in Ordnung zu sein. Sogar für die erste Klasse. Wo sind denn eure Eltern?«

»Die holen uns in Frankfurt am Bahnhof ab«, sagt Gustav. »Wir kommen aus einem Internat. Heute gab's Ferien und wir fahren über Weihnachten nach Hause.«

»Ach, so ist das«, sagt der Schaffner. »Das erklärt aber noch nicht, wieso diese zwei Spaßvögel sich zu zweit auf der Toilette versteckt haben.«

»Ich sagte es doch schon, wir haben uns nicht versteckt«, sagt Aaron. »Ich habe eine Angststörung, deshalb kann ich nicht alleine zur Toilette gehen. Toilette gehen.«

Ich sehe aus den Augenwinkeln, wie Cornibus als Marienkäfer sich von der Scheibe löst und an die Decke fliegt – er bleibt direkt über dem Schaffner sitzen. Oh nein. Mach jetzt bloß keinen Mist, Cornibus.

»Eine Angststörung? Warum habt ihr das denn nicht gleich gesagt?«, brummt der Schaffner.

»Weil Sie nicht gefragt und lieber voreilige Schlüsse gezogen haben. Haben«, antwortet Aaron.

Mein Blick geht wieder an die Decke. Cornibus hat sich in eine Taube verwandelt. Ich ahne, was er vorhat. Lass das, Cornibus! Das bringt doch nur Ärger!

»Es ist nicht meine Aufgabe, Fragen zu stellen. Ich

habe nur dafür zu sorgen, dass alles seine Ordnung und jeder eine gültige Fahrkarte hat.«

»Die haben wir ja, wie Sie gesehen haben«, sagt Lilly. »Sie können sich jetzt also gern um die restliche Ordnung im Zug kümmern.«

»Was ich wann mache, entscheide immer noch ich«, brummt der Schaffner.

In diesem Moment wackelt Cornibus mit seinem Taubenhintern, kackt dem Schaffner auf die Mütze und verwandelt sich wieder zurück in den Marienkäfer. Ich gucke grimmig zu ihm hoch, muss aber innerlich doch ein bisschen kichern – das hat der Typ absolut verdient. Und zum Glück hat er es nicht bemerkt.

»Gut, dann gehe ich mal weiter«, sagt er. »Betrachtet das aber nicht als Freischein, um Blödsinn zu machen. Ich behalte euch im Auge.«

Er verlässt das Abteil. Aaron schließt sofort die Tür.

»Ein unangenehmer Mensch«, sagt er. »Das ist selten, normalerweise sind die Bahnangestellten immer sehr nett. Sehr nett.«

»Ja«, stimmt Gustav ihm zu. »So einen habe ich auch noch nicht erlebt.«

»Vielleicht hatte er einfach einen schlechten Tag«, sagt Lilly. »Hauptsache, er ist weg.«

»Cornibus, was habe ich dir übers Unfugmachen gesagt?«, wende ich mich an den höllischen Marienkäfer am Fenster. »Noch so ein Ding und du bleibst die ganze Reise in meiner Tasche.«

»Cornibus kein Unflug! War natürliches Verwürfnis!«

»Bedürfnis«, verbessere ich ihn. »Und ich glaube dir kein Wort.«

»Was hat er denn gemacht?«, fragt Gustav. »Ich hab nichts mitgekriegt.«

»Er hat dem Typ als Taube auf die Mütze gemacht«, sage ich.

»Und so wurde aus einem schlechten Tag ein echter Kacktag«, sagt Lilly.

Gustav prustet laut los, ich muss auch laut lachen, kurz darauf kugeln wir uns alle vier in den Sitzen. Der Schaffner läuft draußen vorbei und streckt uns einen warnenden Zeigefinger entgegen, was zur Folge hat, dass wir noch mehr lachen müssen.

Fünf Minuten später haben wir uns wieder beruhigt. Gustav und Lilly vertiefen sich erneut in ihre Bücher. Aaron kramt in seiner Tasche und zieht ebenfalls ein Buch heraus.

»Was denn, du auch?«, stöhne ich. »Wollt ihr jetzt etwa alle die ganze Zeit lesen? Und was soll ich dann machen?«

»Ich kann dir gern auch ein Buch geben«, sagt Lilly grinsend. »Ich habe drei Stück dabei.«

»Nein, danke«, brummele ich. »Es sind Ferien, da werde ich ganz bestimmt nicht lesen.«

Auf gar keinen Fall. Die spinnen doch. Lesen. Langweiliger geht's ja wohl nicht. Irgendwie hatte ich mir diese Reise aufregender vorgestellt.

Quakokikeriki

Anderthalb langweilige Lesestunden später kommen wir in Frankfurt an. Wobei, so langweilig war es gar nicht. Lilly hatte recht, es ist tatsächlich schön, während der Fahrt aus dem Fenster zu gucken. Und jetzt weiß ich auch, wieso sie sich so gern Häuser anguckt. Gerade eben habe ich ein paar sehr eindrucksvolle Häuser gesehen, die waren riesig. Der Bahnhof ist auch riesig, wir fahren gerade hinein, in so einem großen Haus war ich noch nie. Ist ein Bahnhof überhaupt ein Haus? Wann ist ein Haus ein Haus? Wenn Leute drin wohnen? Wohnen Leute im Bahnhof? Egal, das sieht jedenfalls sehr beeindruckend aus.

»Habt ihr alles?«, fragt Lilly, während sie ihren Rucksack aufsetzt. »Passt auf, dass ihr nichts vergesst. Der Zug nach Paris fährt auf Gleis neunzehn ab. Aber wir müssen uns nicht beeilen, wir haben fast eine Stunde Zeit.«

»Ich könnte etwas zu essen vertragen«, sagt Gustav.

»Ja, ich auch«, stimmt Lilly ihm zu. »Hier finden wir bestimmt etwas.«

»Cornibus auch essen verklagen!«, meldet sich der höllische Marienkäfer zu Wort.

»Vertragen«, verbessere ich ihn. »Und du verwandelst dich jetzt erst mal wieder in eine Maus und verschwindest in meiner Tasche. Und da bleibst du auch, verstanden? Keine eigenmächtigen Ausflüge, wir kennen uns hier nicht aus. Versprichst du mir das?«

»Cornibus keine schmächtigen Ausflüge, versprochen.«

Er verwandelt sich in eine Maus, ich stecke ihn vorsichtig in meine Jackentasche.

Der Zug hält an, wir steigen aus.

»Ui!«, sage ich staunend. »Hier ist ja ganz schön was los! Ich glaube, so viele Menschen habe ich noch nie auf einmal gesehen.«

Wohin man schaut, wuseln Leute herum, manche ganz gemütlich, andere rennen, fast jeder hat einen Koffer oder eine Tasche dabei. Es riecht nach allen möglichen Sachen, die ich nicht kenne. Überall sind kleine Häuschen, in denen Sachen zum Essen verkauft werden.

»Da drüben gibt es Bratwurst«, sagt Gustav. »Da hol ich mir gleich eine. Noch jemand?«

Oh, da fällt mir etwas ein, das hätte ich fast vergessen.

Ich lege den Zeigefinger auf die Lippen und winke die anderen zu mir heran. Wir bilden einen kleinen Kreis.

»Ich muss euch noch etwas ganz Wichtiges sagen«, flüstere ich, so leise ich kann.

Die anderen rücken mit den Köpfen näher an mich heran.

»Es geht um ihn«, flüstere ich und zeige auf meine Jackentasche. »Er darf es aber nicht mitkriegen.«

Die anderen nicken.

»Folgendes«, fahre ich fort. »Ihr solltet bitte unbedingt vermeiden, in seiner Gegenwart Fleisch zu essen. Seit er in St. Fidibus zufällig mitgekriegt hat, dass Menschen Tiere töten, um sie zu essen, rastet er bei dem Thema völlig aus. Und als ich ihm letzte Woche erzählt habe, dass es mittags diese komischen Fleischklopse gab, konnte ich ihn nur mit Mühe und Not davon abhalten, als Gorilla vor Wut mein Mobiliar zu zertrümmern.«

»Das ist verständlich«, sagt Aaron. »Auf einen Hausdämon, der selbst so oft ein Tier ist, muss das Verzehren von Fleisch barbarisch wirken. Wirken.«

»Ja«, bestätige ich Aaron. »Ich finde es ja selbst auch nicht gut, deswegen bin ich schließlich Vertikalier.«

»Vegetarier«, verbessert mich Lilly.

Ach ja, stimmt, ich kann mir dieses verflixte Wort einfach nicht merken.

»Dann findest du es auch schlimm, wenn *wir* Fleisch essen?«, fragt Gustav.

»Na ja, toll finde ich es nicht unbedingt«, antworte ich. »Aber ihr seid meine Freunde und ihr seid damit aufgewachsen, darum kann ich es akzeptieren. Im Gegensatz zu *ihm.*«

Ich zeige wieder auf meine Jackentasche.

»Also keine Bratwurst«, seufzt Gustav leise.

»Besser nicht«, flüstere ich. »Es sei denn, du hättest gern ein neues Gesicht im Fetzen-Look.«

»Ich habe damit kein Problem«, sagt Lilly. »Ich wollte mir sowieso einen Salat holen.«

»Da drüben ist ein Bäcker«, sagt Aaron. »Ich nehme ein Käsebrötchen. Käsebrötchen.«

»Gibt es hier auch irgendwo Schokolade?«, frage ich. »Da ist jemand, den ich damit gut ruhigstellen kann.«

»Klar, hier gibt's alles«, sagt Lilly. »Fangen wir beim Bäcker an.«

Eine Viertelstunde später haben wir uns alle etwas zu essen gekauft.

»Wollen wir nachher im Zug essen?«, schlägt Lilly vor. »Da ist es gemütlicher. Mir ist ganz schön kalt.«

»Nichts dagegen, wir können gern im Zug essen«, sage ich. »Aber ist dir deswegen dann weniger kalt?«

»Natürlich nicht«, erwidert Lilly. »Aber bis der Zug kommt, könnten wir da reingehen, da ist es bestimmt schön warm.«

Sie zeigt auf einen Laden.

»Was gibt's denn da?«, frage ich.

»Das ist eine Bahnhofsbuchhandlung«, sagt Aaron.

»Da gibt es Bücher. Eine sehr gute Idee, Lilly. Ich kann noch ein bisschen Lesestoff gebrauchen. Gebrauchen.«

»Noch mehr Bücher?«, frage ich entsetzt. »Ihr habt doch gerade erst gelesen! Mit euch stimmt irgendwas nicht, das ist doch nicht normal. Ich hoffe nur, das ist nicht ansteckend. Mich kriegt ihr jedenfalls nicht in so eine Bücherhandlung, das könnt ihr vergessen.«

»Ach, jetzt stell dich nicht so an«, sagt Lilly und zieht mich am Arm hinter sich her. »Wir gehen da jetzt rein, du wirst schon nicht dran sterben.«

»Und was, wenn doch?«, wehre ich mich. »Mich hat schon mal ein Buch angegriffen und in den Finger geschnitten! Da bin ich fast verblutet!«

»Du bist mir ja ein schöner Teufel«, lacht Lilly. »Was wohl dein Vater dazu sagen wird, wenn ich ihm erzähle, dass sein höllischer Sohn Angst vor Büchern hat?«

Sie zerrt mich in den Laden. Ach du meine Güte. Hier ist ja alles voll mit Büchern. Ich hätte nicht gedacht, dass es überhaupt so viele davon gibt. Das ist echt beängstigend. Aber es riecht irgendwie gut.

»Und was machen wir jetzt hier?«, frage ich.

»Wir gucken uns um«, antwortet Lilly. »Ich würde vorschlagen, das machst du auch. Du kannst die Bücher sogar anfassen, die sind zahm und beißen nicht.«

Na gut, dann gucke ich mich eben um – auch, wenn ich nicht weiß, welchen Sinn das hat.

Es gibt große und kleine Stapel mit Büchern. Es gibt Regale voller Bücher. Es gibt sogar Bücher in anderen Sprachen, was ich daran merke, dass ich die Titel nicht verstehe. Mann, ist das öde. Ich laufe gelangweilt durch den Laden, bis ich in der hinteren, linken Ecke ankomme. Hm, diese Bücher sehen irgendwie anders aus. Sie sind größer. Und nicht so dick. Und viel bunter. Ich greife nach einem und schlage es auf. Hey, da stehen ja kaum Wörter drin, das sind fast nur Bilder. Und sie sehen lustig aus. Ich blättere ein bisschen darin herum und stelle erfreut fest, dass das komplette Buch fast nur aus Bildern besteht. Das sieht ziemlich cool aus. Wieso gibt es solche Bücher nicht bei uns an der Schule?

»Ich sehe, du hast die Comicabteilung entdeckt«, sagt Aaron, der plötzlich neben mir steht. »Ich mag ja die Superhelden-Comics am liebsten. Liebsten.«

»Comics? Noch nie gehört«, erwidere ich. »Sieht aber interessant aus. Was sind denn Superhelden?«

»Superhelden sind Personen mit besonderen Kräften«, erklärt Aaron. »Manche sind besonders stark oder superschnell, andere können fliegen, sie haben alle möglichen Kräfte. Kräfte.«

»Also sind Superhelden so eine Art Dämonen?«, frage ich. »Bei uns gibt's jede Menge Dämonen mit unterschiedlichen Kräften.«

»Nein, Superhelden sind keine Dämonen. Sie sind teilweise Außerirdische, wie Superman. Oder Mutanten. Mein Lieblingssuperheld heißt Spiderman, der hat zum Beispiel die Kräfte einer Spinne. Er kann Wände hochkrabbeln und mit Spinnennetzen schießen. Schießen.«

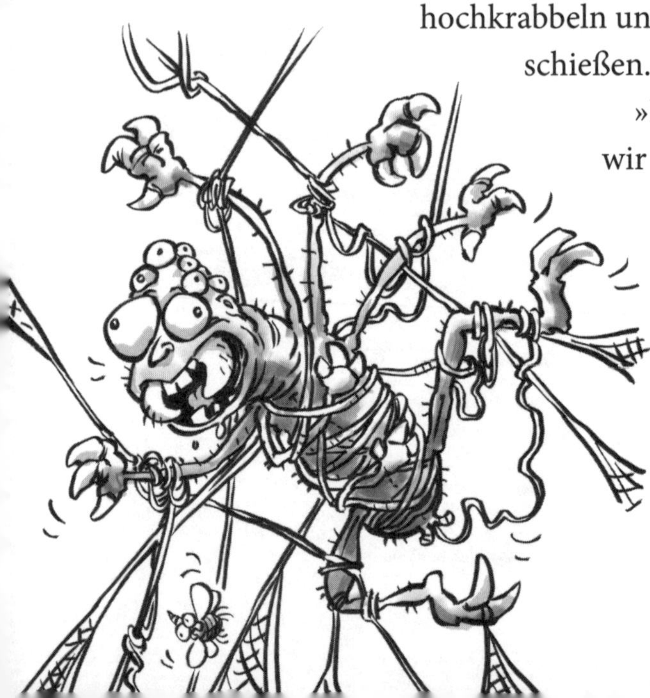

»Ha, so einen haben wir bei uns unten auch. Er heißt Arachnus. Ein Held ist der aber nicht gerade und super schon gar nicht. Er wird eigentlich die meiste Zeit ausgelacht, weil er sich ständig in seinem eigenen Netz verheddert und wir ihn befreien müssen.«

»Superhelden kämpfen immer für das Gute. Das Gute«, erklärt Aaron weiter.

»Dann sind es definitiv keine Dämonen«, stelle ich fest. »Machen die außer kämpfen sonst noch was?«

»Nein, eigentlich nicht. Nicht.«

»Das wäre mir dann auf Dauer doch zu langweilig. Gibt es auch lustige Comics?«

»Klar, jede Menge. Probier's mal mit dem hier. Dem hier.«

Er drückt mir einen Comic in die Hand. Er heißt Asterix und es sind lustige Gestalten vorne drauf.

»Das sind Franzosen, es passt also zu unserer Reise. Reise.«

Wie praktisch, vielleicht kann ich da ja noch was lernen. Oh nein! Ich wusste es! Das ist doch ansteckend mit diesen Büchern – ich will freiwillig etwas *lernen*! In den Ferien! Verdammt, ich wusste, das geht nicht gut mit diesem Buchladen. Aber der Comic sieht echt lustig aus, den nehme ich trotzdem mit.

Wir treffen uns alle an der Kasse wieder, jeder hat ein Buch unter dem Arm.

»Aha«, bemerkt Lilly. »Hat dich das Lesefieber doch noch erwischt.«

»Nein«, erwidere ich. »Ich guck mir nur die Bilder an. Ich werde kein einziges Wort *lesen.*«

»Wirst du doch«, sagt Gustav und zwinkert mir zu.

»Es wird nicht lang dauern und du bist süchtig nach Lesen. Lesen«, sagt Aaron kichernd.

»Hört ihr damit auf, wenn ich eure Bücher mitbezahle?«, knurre ich.

»Klar, sofort«, sagt Lilly grinsend.

Ich bezahle die Bücher mit der Karte von Steven, hoffentlich funktioniert das Ding auch. Ich muss einen kleinen Zettel unterschreiben, dann kriege ich die Bücher. Das war ja einfach, sehr praktisch so eine Geldersatzkarte.

»Sollen wir schon mal zum Gleis gehen?«, fragt Lilly, als wir den Buchladen verlassen. »Vielleicht haben wir ja Glück und der Zug steht schon da.«

Wir stimmen zu und gehen in Richtung Gleis neunzehn.

Während wir dort hinlaufen, dreht sich Lilly ständig um und guckt nachdenklich.

»Ist alles okay?«, frage ich sie.

»Ja, ja, alles gut«, sagt sie. »Ich dachte nur … Ach, egal, das hab ich mir sicher nur eingebildet. Oh, guckt mal, der Zug steht tatsächlich schon da! Das ist super, dann können wir schon einsteigen und müssen nicht hier draußen in der Kälte rumstehen.«

Sie kramt die Fahrkarten aus ihrer Tasche hervor und wirft einen ausführlichen Blick darauf.

»Wir sind in Wagen elf, Plätze einundneunzig bis vierundneunzig«, sagt sie. »Das wird entweder ganz vorne oder ganz hinten sein, je nachdem, wo die erste Klasse ist.«

Ganz hinten ist es nicht, das sehen wir gleich, als wir

am Gleis ankommen. Also laufen wir den Zug entlang nach vorne. Dieser Zug sieht irgendwie anders aus als der letzte, er ist viel größer und irgendwie schöner. Lilly guckt sich auf dem Weg schon wieder ständig um und runzelt die Stirn, aber diesmal frage ich nicht nach – sie wird es schon sagen, wenn irgendetwas nicht stimmt.

Wir erreichen Wagen elf und steigen ein.

»Oh, super!«, sagt Lilly freudig. »Unsere Plätze sind sogar oben! Ich wollte schon immer mal in einem Zug oben fahren.«

Oben? Wo denn oben? Ah, da ist eine Treppe. Hat dieser Zug etwa zwei Stockwerke? Das ist ja abgefahren.

»Hier sind ja gar keine Abteile«, stelle ich fest, als wir oben ankommen und Lilly unsere Plätze sucht.

»Nein, in diesem Zug gibt es anscheinend nur Großraumwagen«, erklärt Lilly. »Hier sind unsere Plätze.«

Sie bleibt neben zwei gegenüberliegenden Zweiersitzen stehen, dazwischen befindet sich ein Tisch.

»Darf ich am Fenster sitzen?«, fragt Lilly.

Niemand sagt etwas dagegen, also nimmt Lilly den einen Fensterplatz, ich setze mich auf den anderen.

In meiner Jacke fängt es an zu zappeln.

»Tut mir leid, Cornibus«, flüstere ich. »Du musst diesmal drinbleiben. Hier sind gleich lauter Leute um uns herum, das ist zu riskant für dich, selbst als Käfer oder Fliege.«

Ein missmutiges Grummeln erklingt aus meiner Jackentasche. Ich packe einen Schokoriegel aus, den ich am Bahnhof gekauft habe, und schiebe ihn in meine Tasche – das Grummeln weicht einem genussvollen Knabbern.

Wir packen auch die anderen Sachen aus und lassen es uns schmecken, während der Zug sich immer mehr füllt.

Als wir eine Viertelstunde später losfahren, ist fast jeder Platz besetzt.

Wir sind schon eine Weile unterwegs, als plötzlich eine junge Frau in einer hübschen Uniform vor uns steht.

»Les billets, s'il vous plaît«, sagt sie und sieht uns erwartungsvoll an.

Wie bitte? Was hat sie gesagt? Ich habe nur Quakokikeriki verstanden, aber das ergibt wenig Sinn. Ich schaue verwirrt in die Runde.

»Was war das denn?«, frage ich leise.

»Das war Französisch«, antwortet Lilly. »Die Sprache des Landes, in das wir gerade fahren.«

Ach so, das hatte ich schon wieder völlig verdrängt. Weil ich es nie so richtig kapiert habe. Hier oben sprechen die Menschen wohl ganz viele unterschiedliche Sprachen, je nachdem, aus welchem Land sie kommen. Das ist doch echt bescheuert. Wieso sprechen nicht alle die gleiche Sprache, dann könnte man jeden sofort verstehen, ohne erst wieder großartig ganz viel lernen zu müssen. In der Schule muss ich Englisch lernen, das ist total schwer und umständlich. Da gibt es ganz viele Vokabeln und Grammatik und Satzbau und das ganze Zeug, das macht echt keinen Spaß. Und diese ganze Lernerei wäre völlig überflüssig, wenn von Anfang an alle die gleiche Sprache sprechen würden, so wie bei

uns unten. In der Hölle sprechen alle gleich, egal, wo sie herkommen. Wieso geht das hier oben nicht? Da ist bestimmt wieder der blöde CEO dran schuld, der erfindet ständig so unnötige Sachen. Ich kann es immer noch nicht fassen, dass er mein Opa ist.

»Ich glaube, die Dame möchte unsere Fahrkarten sehen. Sehen«, sagt Aaron mit Blick auf die Uniform.

»Ja, Fahrkarten«, sagt sie und es hört sich irgendwie sehr niedlich an.

»Ach so, ja, klar«, sagt Lilly und kramt die Fahrkarten aus ihrer Tasche.

Die Frau nimmt die Tickets, scannt sie mit irgendeinem Gerät und gibt sie Lilly zurück.

»Merci, je vous souhaite un bon voyage«, sagt die Frau lächelnd. »Si vous voulez commander quelque chose à boire ou à manger, dites-le à mon collègue.«

Quakokikeriki. Das ist wieder alles, was ich verstanden habe.

»Habt ihr sie verstanden?«, frage ich in die Runde, als die Frau ein Stück von uns entfernt ist. »Könnt ihr Französisch?«

»Leider nicht«, sagt Lilly. »*Noch* nicht. Aber nächstes Jahr habe ich es in der Schule. Da freu ich mich schon drauf.«

»Ich kann auch kein Französisch«, sagt Gustav. »Fremdsprachen liegen mir irgendwie nicht so.«

»Und du, Aaron?«, frage ich. »Du hast sie doch eben verstanden, oder?«

»Nicht wirklich«, antwortet Aaron. »Dass sie unsere Fahrkarten sehen möchte, war nur eine logische Schlussfolgerung. Schlussfolgerung.«

»Dann kann also keiner von uns Französisch«, stellt Lilly fest. »Das dürfte schwierig werden in Frankreich.«

»Vielleicht können die Franzosen ja Englisch?«, fragt Gustav. »Das verstehe ich wenigstens einigermaßen.«

»Dafür sind sie nicht unbedingt bekannt«, antwortet Lilly. »Na ja, irgendwie werden wir uns schon durchschlagen.«

In meiner Jackentasche fängt es an zu zappeln. Natürlich, Cornibus will Nachschub, das war zu erwar... Moment mal, das ist ja die andere Tasche, in der es zappelt. Da ist mein Handbuch drin.

Ich greife in die Jacke, ziehe es heraus und verstecke es sofort unter dem Tisch – ein zappelndes Buch könnte unerwünschte Aufmerksamkeit erregen.

Ich öffne es, die Seiten blättern hin und her, bis sie schließlich an einer Stelle aufgeschlagen bleiben. Ich lese, was dort steht.

Der Sabber der siebentausend Sprachen
(Stand März 2017)

Spucke im Mund sammeln, bis ausreichend Flüssigkeit für Fadenbildung vorhanden ist. Aus dem Stand nach vorne beugen, Mund öffnen und Spuckefaden von Unterlippe abwärtsgleiten lassen. Sobald Spuckefaden Bodenkontakt herstellt, kräftig einatmen und Flüssigkeit aufwärtssaugen. Wenn Spucke vollständig an Ursprungsort zurückgeführt, schlucken und im Anschluss laut rufen:

Ist dir der Spucketrick gelungen,
verstehst und sprichst du alle Zungen!

Anzuwenden bei buchstäblicher Sprachlosigkeit oder akutem, fremdländischem Redebedarf. Nur für den Sprachgebrauch geeignet, Orthografie nicht beinhaltet. Auch für Nicht-Dämonen anwendbar.

»Das ist ja super!«, sage ich. »Das heißt, ihr könnt das auch machen! Dann können wir alle Französisch!«

»Was denn?«, fragt Lilly.

Ich lege das Buch auf den Tisch, es zappelt inzwischen nicht mehr.

Die anderen lesen den Spruch.

»Wie cool!«, sagt Gustav freudig. »Wenn das funktioniert, ist mir eine Eins in Englisch so gut wie sicher!«

Stimmt, daran habe ich noch gar nicht gedacht – nie wieder Vokabeln lernen, das ist allerdings cool!

»Vergiss es«, sagt Aaron. »Du hast das Kleingedruckte noch nicht gelesen. Gelesen.«

Wie jetzt, schon wieder was Kleingedrucktes? Was steht denn da?

Achtung: Gültig jeweils nur für eine Sprache innerhalb der jeweiligen Landesgrenzen.

»Mist, also keine Eins in Englisch«, seufzt Gustav.

»Aber jetzt in Frankreich wäre das schon praktisch«, sagt Lilly. »Vorausgesetzt, wir kriegen das hin. Ein Spuckefaden bis zum Boden und wieder hoch klingt nicht gerade einfach. Ich meine, ich habe keine Erfahrung mit Spucken, das ist eher so ein Jungs-Ding, oder?«

»Wieso?«, frage ich. »Haben Mädchen keine Spucke im Mund?«

»Doch, natürlich«, antwortet Lilly. »Aber wir machen nicht aus allem, was eklig ist, gleich einen Wettbewerb.«

»Leicht wird es bestimmt nicht«, sagt Gustav. »Aber das kriegen wir schon irgendwie hin. Soll ich es gleich mal auf der Toilette versuchen? Ich muss sowieso mal dringend pinkeln.«

»Klar«, sage ich und gebe ihm das Buch.

Gustav macht sich auf den Weg zur Toilette.

Als er eine halbe Stunde später wiederkommt, ist seine Hose dunkel gesprenkelt.

»Iiiihhh«, sagt Lilly angeekelt. »Ist das etwa alles Spucke?«

»Ich fürchte, ja«, sagt Gustav. »Das können wir vergessen. Im Zug wird das nichts. Das ist so schon schwer genug, aber bei dem Gewackel hat man keine Chance.«

»Ja, das hatte ich bereits befürchtet«, sagt Aaron. »Ich schlage vor, wir machen das alle gemeinsam in aller Ruhe, wenn wir in Paris angekommen sind. Sind.«

»Ja, das wird das Beste sein«, stimmt Lilly ihm zu. »Ich habe echt keine Lust, mir die Klamotten vollzusabbern.«

»Okay, so machen wir das«, sage ich und stecke das Buch wieder in meine Tasche. »Wie lange dauert es noch, bis wir da sind?«

»Knapp drei Stunden«, sagt Lilly und zwinkert mir zu. »Jede Menge Zeit zu lesen.«

»Ha, ha, sehr witzig«, erwidere ich. »Ich wette, wir sind die langweiligste Reisegruppe der Welt.«

Aber gut, dann lese ich eben auch, wenn es nichts anderes zu tun gibt. Hoffentlich sind diese Comic-Franzosen unterhaltsamer als meine Mitreisenden.

Mit Blitzen schießen

»Oh, da drüben ist der Eiffelturm!«, sagt Lilly verzückt.

»Wo?«, fragt Gustav aufgeregt und drängt sich neben mich ans Fenster.

Aaron macht das Gleiche mit Lilly, die drei kleben quasi am Fenster.

»Da hinten, seht ihr ihn?«, fragt sie aufgeregt.

»Ah ja, ich sehe ihn«, sagt Gustav.

»Ich auch«, stimmt Aaron zu. »Sehr eindrucksvoll. Eindrucksvoll.«

Okay, jetzt haben sie mich neugierig gemacht. Ich gucke auch aus dem Fenster.

»Was ist denn der Eiffelturm?«, will ich wissen.

»Das ist das Wahrzeichen von Paris«, antwortet Lilly. »Da drüben, er sieht aus wie ein großes A mit einer langen Spitze, siehst du ihn?«

»Ja«, sage ich.

Glaube ich zumindest. Da war etwas zwischen ein paar Häusern, das wie ein großes A aussah. Besonders beeindruckt hat mich das jetzt aber nicht.

»Und was kann der, dieser Eiffelturm?«, frage ich.

»Wie, was kann der?«, erwidert Lilly verwundert.

»Na ja, wieso ist er das Wahrzeichen von Paris? Kann er sich von selbst zusammenfalten oder mit Blitzen auf Angreifer schießen oder so was Ähnliches?«

»Äh … nein«, sagt Lilly.

»Dann wohnt da jemand Berühmtes oder so?«, hake ich nach. »Der König von Frankreich vielleicht?«

»Nein, im Eiffelturm kann man nicht wohnen«, sagt Lilly. »Und Frankreich hat schon lange keinen König mehr.«

»Wieso nicht? Ist ihm dieser komische Turm auf den Kopf gefallen?«

»Natürlich nicht«, erwidert Lilly leicht genervt. »Der fällt doch nicht so einfach um, der ist doch nicht aus Bauklötzen.«

»Das wäre aber lustig«, sage ich. »Dann würde er nicht einfach so sinnlos in der Gegend rumstehen und man könnte ihn jedes Mal wieder woanders aufbauen.«

»Du hast aber auch

echt von gar nichts Ahnung!«, regt Lilly sich auf. »Der steht doch nicht sinnlos in der Gegend herum! Das ist der Eiffelturm! Der ist einzigartig! Den gibt's nur einmal auf der Welt!«

»Na ja, kein Wunder, dass sie nicht mehr davon gebaut haben, wenn er nicht mal mit Blitzen schießen kann«, stelle ich fest.

»Ich geb's auf«, stöhnt Lilly.

»Der Eiffelturm wurde ursprünglich als Aussichtsturm für die Weltausstellung im Jahr 1889 gebaut«, sagt Aaron. »Später wurde er dann auch als Sendeturm benutzt. Benutzt.«

»Ein Aussichtsturm?«, frage ich. »Was ist das denn jetzt schon wieder?«

»Du kannst da hochfahren und runtergucken«, sagt Gustav. »Dann hast du einen tollen Ausblick über die Stadt.«

»Ach so, okay«, sage ich. »Dann hat er ja doch einen Zweck. Aber hätte man da nicht einfach eine Leiter nehmen können?«

»Eine Leiter?«, platzt es fassungslos aus Lilly heraus. »Woher willst du denn so eine große Leiter nehmen? Und wo willst du sie anlehnen?«

»Na, an diesen Eiffelturm, zum Beispiel«, sage ich. »Wenn der da eh nur blöd rumsteht.«

»Aber das ist doch … Du hast doch gerade gesagt,

dass …«, stammelt Lilly. »Ach, egal, das führt ja doch zu nichts. Du brauchst ganz dringend Nachhilfe in Sachen Oberwelt.«

»Gern«, sage ich. »Solang ich dabei nichts lernen muss.«

»Aber das ist doch genau der Sinn von Nachhilfe!«, regt sie sich wieder auf. »Dass man etwas lernt! Sonst bräuchte man ja keine Nachhilfe!«

»Ich glaube, du brauchst mal Nachhilfe, wie man sich nicht so schnell aufregt«, sage ich grinsend. »Aber frag besser nicht meinen Vater deswegen, der regt sich genauso schnell auf wie du.«

»Ich reg mich überhaupt nicht auf«, grummelt Lilly. »Höchstens ein ganz kleines bisschen über deine höllische Dummheit.«

»Das ist ja keine Dummheit«, sagt Gustav. »Er weiß einfach ganz vieles nicht.«

»Weiß ich doch«, grummelt Lilly wieder.

»Fahren wir denn da auch hoch auf diesen Eiffelturm?«, frage ich.

»Nein, dafür reicht die Zeit leider nicht«, seufzt Lilly. »Vielleicht klappt's auf dem Rückweg.«

»Ich würde auf jeden Fall gern mit dir da hochfahren und runtergucken«, sage ich. »Auch, wenn ich dabei etwas lernen muss.«

»Das ist lieb«, sagt sie und lächelt. »Danke.«

Kurze Zeit später fährt der Zug in den Pariser Bahnhof ein und wir steigen aus. Dieser Bahnhof ist nicht ganz so groß wie der in Frankfurt, aber trotzdem auch sehr beeindruckend.

Wir laufen das Gleis entlang, während Lilly sich wieder ständig umdreht und dabei die Stirn runzelt.

»Was ist denn da?«, frage ich sie.

»Ich bin mir nicht sicher«, antwortet sie. »Siehst du den Typ mit dem schwarzen Kapuzenpulli ein ganzes Stück hinter uns? Er hat die Kapuze tief ins Gesicht gezogen und die Hände in den Taschen.«

Ich drehe mich um, kann aber niemanden entdecken, auf den ihre Beschreibung passt.

»Nein, da ist keiner«, sage ich.

Lilly dreht sich ebenfalls um.

»Jetzt sehe ich ihn auch nicht mehr«, sagt sie. »Aber ich schwöre dir, er war da. Und ich glaube, dass er in Frankfurt auch schon hinter uns hergelaufen ist, schon als wir aus dem ersten Zug gestiegen sind.«

»Du meinst, wir werden verfolgt?«

»Könnte doch sein. Könnte aber genauso gut sein, dass ich mir das nur einbilde. Wenn in letzter Zeit von irgendwo Gefahr drohte, hatte ich immer ein leichtes Kribbeln im Kopf, das hatte ich jetzt nicht.«

»Siehst du, dann ist der Typ bestimmt ganz harmlos und es ist nur ein Zufall. Wir sind ja schließlich nicht die Einzigen, die nach Paris gefahren sind, da waren noch ganz viele Leute im Zug.«

»Ja, du hast sicher recht«, sagt Lilly. »Ich sollte aufhören, mir ständig Sorgen zu machen. Wir sind schließlich nicht mehr in der Hölle.«

Wir laufen weiter. Ich drehe mich vorsichtshalber noch einmal um, sehe aber niemanden mit einer schwarzen Kapuze. Warum sollte uns jemand verfolgen? Ein Spion meines Vaters kann es nicht sein, er weiß schließlich nicht, dass wir unterwegs sind, um ihn zu suchen. Nein, das hat Lilly sich ganz sicher nur eingebildet.

Wir durchqueren den Bahnhof. Ich höre überall nur Quakokikeriki, das ist sehr irritierend, wenn man nichts versteht.

»Wir sollten zuallererst die Sache mit der Sprache regeln«, schlage ich vor. »Sonst kommen wir hier nicht weit.«

»Ja«, sagt Aaron. »Lasst uns draußen eine ruhige Ecke suchen, in der wir unbeobachtet den Spruch anwenden können. Können.«

Vor dem Bahnhof angekommen, gehen wir nach rechts. Wir laufen eine Weile, bis Gustav auf einen dunklen Hauseingang zeigt.

»Hier vielleicht?«, schlägt er vor. »Da kann man uns von der Straße aus nicht sehen.«

Wir schlüpfen in den Eingang, dahinter befindet sich ein kleiner Hof. Es ist niemand zu sehen, links in einer Ecke stehen ein paar große Mülltonnen.

»Da neben den Mülltonnen sieht uns keiner«, sagt Lilly und geht vor.

Wir folgen ihr und stellen uns hinter den Tonnen im Kreis auf.

»Ihr wisst alle, was wir machen müssen?«, frage ich.

»Spuckefaden bis auf den Boden, hochschlotzen und Spruch rufen«, sagt Gustav.

»Ich habe noch eine Flasche Wasser«, sagt Lilly. »Das könnte helfen.«

Wir reichen die Flasche herum, jeder nimmt einen Schluck.

»Alles klar, dann: Spucke los!«, sage ich.

Wir beugen uns alle vier nach vorne und bilden Spuckefäden. Verdammt, das ist echt sauschwer.

Der Erste, der es nach ungefähr zehn Minuten schafft, ist Aaron.

»Und?«, frage ich. »Merkst du irgendwas?«

»Nein«, antwortet er. »Das wird sich wahrscheinlich erst bemerkbar machen, wenn jemand etwas Französisches zu mir sagt. Ihr müsst euch so weit wie möglich nach vorne beugen, damit der Abstand zum Boden geringer wird, das macht es ein bisschen einfacher. Einfacher.«

Wir befolgen seinen Ratschlag und beugen uns weiter nach vorne.

Als Nächstes gelingt Lilly das Kunststück.

»Ja!«, jubelt sie. »Und sogar schneller als ihr!«

»Offenbar schlummern versteckte Spuck-Talente in dir«, sagt Gustav. »Kann ich bitte noch einen Schluck Wasser haben?«

Ich trinke auch noch einen Schluck und spüle mir mit dem Wasser den Mund aus.

Kurz darauf habe ich es hinter mir, jetzt fehlt nur noch Gustav.

»Los, du schaffst das!«, feuert Lilly ihn an.

Beim achten Versuch wird sein Spuckefaden länger und länger.

»Sehr gut, ganz ruhig, weiter so, konzentrier dich!«, sage ich.

Der Faden berührt den Boden, er saugt ihn nach oben, gleich hat er es geschafft, ja, es hat geklappt!

»Ist dir der Spucketrick gelungen, verstehst und sprichst du alle Zungen!«, ruft er schnell.

Wir klopfen ihm anerkennend auf die Schulter, als uns plötzlich eine Stimme zusammenzucken lässt:

»Hey! Was habt ihr hier zu suchen?«

Ein Mann steht in der Tür, die ins Haus führt, und funkelt uns böse an. Er trägt einen grauen Kittel wie Lillys Onkel.

»Mist«, flüstert Lilly. »Das ist bestimmt der Hausmeister hier.«

»Ich habe euch was gefragt!«, ruft er und kommt näher. »Was macht ihr da hinten? Ihr gehört nicht zum Haus!«

Ich gehe ihm lächelnd entgegen.

»Sprechen Sie Französisch?«, frage ich ihn.

»Natürlich spreche ich Französisch«, antwortet er. »Ich bin Franzose.«

»Nein, ich meinte, ob Sie jetzt gerade Französisch sprechen?«, hake ich nach.

»Ja, klar, was soll ich denn sonst sprechen?«, fragt er verwundert. »Ich kann gar nichts anderes, so wie jeder gute Franzose.«

»Versteht ihr ihn alle?«, wende ich mich an die anderen.

Sie nicken und recken ihre Daumen in die Höhe.

»Oh, das ist ja wunderbar!«, rufe ich und falle dem Hausmeister um den Hals. »Es hat funktioniert! Ich kann Sie verstehen! Kein Quakokikeriki mehr!«

Ich küsse ihn abwechselnd links und rechts auf die Wangen – keine Ahnung, warum.

»Wieso solltest du mich denn nicht verstehen?«, fragt mich der Hausmeister verwirrt. »Du bist doch Pariser. So wie du spricht man nur hier bei uns. Ihr seid hier aus dem Viertel, oder?«

»Äh … ja, klar!«, sage ich.

»Dann seht zu, dass ihr nach Hause kommt. Keine Ahnung, was ihr da bei den Mülltonnen gemacht habt, ist mir auch egal, aber lasst euch hier nicht mehr blicken, verstanden?«

»Ja!«, jubele ich. »Und wie wir das verstanden haben! Das ist großartig! Vielen Dank!«

Ich küsse ihn noch einmal links und rechts.

»Verschwindet, ihr komischen Vögel«, sagt er grummelnd, aber sanft lächelnd. »Ich muss jetzt arbeiten.«

Wir verlassen den Hof und gehen zurück in Richtung Bahnhof.

»Wir können Französisch«, sagt Lilly strahlend. »Wie cool ist das denn?«

»Obercool«, sagt Gustav. »Es ist doch sehr praktisch, mit dem Sohn des Teufels unterwegs zu sein. Danke, Luzie!«

Er bleibt vor mir stehen und küsst mich links und rechts auf die Wange.

»Oh, sorry«, sagt er. »Keine Ahnung, wieso ich das gemacht habe.«

»Offenbar geht einem nicht nur die jeweilige Landessprache in Fleisch und Blut über«, sagt Aaron. »Der beidseitige Kuss auf die Wangen ist die französische Art der Begrüßung. Ich habe mich vorher im Netz ein bisschen schlau gemacht, was die Gepflogenheiten hier betrifft. Betrifft.«

»Oh, das ist ja süß!«, sagt Lilly entzückt. »Das will ich auch machen!«

Sie knutscht jeden von uns links und rechts ab. Einem inneren Drang folgend, knutsche ich Gustav und Aaron auch ab, was zur Folge hat, dass wir uns schließlich alle gegenseitig abknutschen.

»Cornibus auch Kuss!«, fiept es aus meiner Tasche. Dieser kleine Schlingel kriegt aber auch alles mit.

»Das geht jetzt leider nicht«, zische ich ihm zu. »Hier sind zu viele Leute. Du kriegst nachher einen Kuss von mir, wenn uns niemand sehen kann.«

»Zwei Kuss! Auch von Ahorn! Und Lilly! Und Mustav!«

»Gustav«, verbessere ich ihn. »Und ja, du kriegst von allen einen Kuss.«

»Zwei! Und Schlotzolade!«

»Ja«, stimme ich lachend zu. »Kriegst du alles.«

»Das ist super mit den Küssen!«, sagt Lilly. »Das müssen wir ab jetzt zu Hause auch machen!«

»Ich vermute, dass dieses Bedürfnis wieder verschwindet, sobald wir die Landesgrenze überqueren«, sagt Aaron. »Aber bis dahin nehme ich sehr gern an diesem freundlichen französischen Ritual teil. Teil.«

»Und was machen wir jetzt?«, frage ich. »Wir können ja schlecht hier stehen bleiben und uns bis morgen früh abknutschen.«

»Wir sollten uns erst mal ein Hotel suchen«, schlägt Lilly vor. »Ich könnte eine Dusche vertragen. Und was Richtiges zu essen.«

»Okay, das machen wir«, sage ich. »Wie sucht man denn ein Hotel? Und wie kommen wir hin?«

»Das lässt sich relativ einfach verbinden«, sagt Aaron. »Wir könnten ein Taxi nehmen. Taxifahrer kennen sich am besten in ihren Städten aus und können mit Sicherheit auch ein Hotel empfehlen. Empfehlen.«

Ah, davon haben wir auch einige bei uns unten, in Abteilung 87, dort sitzen die Rücksichtslosen Taxifahrer. Sie stecken in ihren unaufhörlich hupenden Taxis zwischen lauter anderen Taxis auf einer Busspur fest

und haben vier ständig pöbelnde, alle fünf Minuten kotzende Dämonen als Fahrgäste. Aber bestimmt gibt es hier oben auch nette Taxifahrer.

»Wo finden wir denn ein Taxi?«, frage ich.

»Am Bahnhof standen ganz viele«, sagt Gustav.

»Gut, dann gehen wir zurück zum Bahnhof.«

Dort angekommen, sehen wir eine lange Reihe Taxis stehen. Wir steigen in das erste Taxi ein, ich vorne, die anderen hinten.

»Guten Tag«, sage ich zu dem Taxifahrer und knutsche ihn links und rechts. »Fahren Sie uns bitte zum besten Hotel der Stadt.«

Er sieht mich kurz seltsam an, nickt und fährt los.

Wir kommen ziemlich langsam voran, so viele Autos auf einmal habe ich noch nie gesehen. Aber ich finde das nicht schlimm, im Gegenteil, so habe ich mehr Zeit, um

aus dem Fenster zu gucken. Endlich verstehe ich, wieso Lilly sich so gern alte Häuser anguckt, die sind wirklich sehr schön und beeindruckend hier in Paris – kein Vergleich zu den Häusern im Dorf.

Der Taxifahrer ist sehr nett und erzählt manchmal sogar etwas zu den Häusern. Wir fahren an einem vorbei, das heißt Oper, da stehen sogar goldene Figuren mit Flügeln auf dem Dach. Ich denke kurz, das sind zwei unserer Wach-Dämonen, aber dafür sind sie zu hübsch.

Zwanzig Minuten später halten wir vor einem ebenfalls sehr schönen Haus an. Es hat gleich vier Eingänge, über denen jeweils das Wort Ritz zu lesen ist. Hihi, wie lustig. So hieß bei uns unten Papas alter Dämonen-Assistent, der Vorgänger von Steven. Er hat Papas Termine immer mit einem Messer in seinen Schreibtisch geritzt, damit er sie nicht vergisst. Irgendwann war von dem Schreibtisch nichts mehr übrig – und von Ritz auch nicht, Papa hat ihn in einen neuen Schreibtisch verwandelt.

»Ich bin mir nicht sicher, ob es *das* beste Hotel der Stadt ist«, sagt der Taxifahrer. »Aber es ist auf jeden Fall eins der besten.«

Ich bezahle den Taxifahrer mit meiner Geldkarte und wir steigen aus.

»Ui, das sieht aber sehr chic aus«, sagt Lilly. »Sollen wir da wirklich reingehen?«

»Klar gehen wir da rein«, antworte ich. »Was auch immer chic bedeutet, ich habe keine Angst davor.«

Vor einem der Eingänge stehen zwei Männer in weißen Mänteln mit blauen Mützen. Sie scheinen auf irgendetwas zu warten. Als wir auf sie zugehen, will mir einer der beiden meinen Rucksack abnehmen.

»Hey, das ist meiner!«, wehre ich mich dagegen. »Keine chicen Tricks hier! Finger weg!«

»Lass ihn«, sagt Lilly kichernd. »Er will nur dein Gepäck reintragen.«

»Wieso? Glaubt er, ich schaffe das nicht alleine?«, frage ich verwundert.

»Nein, das gehört hier zum Service«, antwortet Lilly und überreicht dem Typ ihren Rucksack.

Die anderen geben ihr Gepäck auch den beiden Männern, also überlasse ich ihnen meinen Rucksack ebenfalls.

Wir folgen den beiden durch eine Drehtür nach drinnen. Wow! Das ist ja bombastisch hier! Wir stehen in einer riesigen Halle, alles sieht wunderschön und sehr, sehr sauber aus. Ich glaube, so einen sauberen Raum habe ich noch nie im Leben gesehen, alles glänzt und strahlt und funkelt.

Die beiden Gepäckträger bleiben vor einem großen Tresen stehen und warten auf uns.

»Was muss ich denn jetzt machen?«, frage ich Lilly flüsternd.

»Das ist die Rezeption«, flüstert sie zurück. »Da musst du jetzt sagen, dass wir hier übernachten wollen.«

»Alles klar, das krieg ich hin.«

Ich gehe näher an den Tresen, dahinter steht ein dünner Mann in einem feinen Anzug. Er tippt etwas auf einer Tastatur. Als er mich sieht, hört er damit auf.

»Guten Tag«, sage ich.

Ich spüre wieder das Bedürfnis, ihn links und rechts zu knutschen, aber der Tresen ist dazwischen, also lasse ich es.

»Guten Tag, der Herr«, sagt er und sieht mich sehr skeptisch an. »Was kann ich für Sie tun?«

»Wir möchten gern hier übernachten«, sage ich. »Am besten in einem Zimmer mit vier Betten. Eins davon sollte exakt 2 m lang und 1,50 m breit sein.«

Ich zwinkere Aaron zu, er zwinkert zurück.

»Es tut mir leid, mein Herr, aber wir sind keine Jugendherberge«, sagt der Mann.

»Das macht nichts«, erwidere ich. »Wir möchten trotzdem hier schlafen.«

»Ich fürchte, Ihre finanziellen Mittel könnten nicht ausreichen, um die Voraussetzungen für einen Aufenthalt bei uns zu erfüllen«, sagt er.

»Was hat er gesagt?«, frage ich Lilly. »Ich kann zwar jetzt Französisch, habe aber trotzdem nichts verstanden.«

»Er glaubt, wir haben nicht genug Geld«, erklärt Lilly.

»Ach so«, sage ich und lege die Geldkarte vor ihm auf den Tresen. »Geld spielt keine Rolle. Das bezahlt alles mein Onkel.«

Er steckt die Karte in ein Lesegerät und starrt auf einen Monitor.

»Und wo ist Ihr Onkel, wenn ich fragen darf?«, will er wissen.

»Der kommt später nach«, sagt Lilly schnell.

»Ja«, bestätige ich. »Er ist noch auf dem Eiffelturm und guckt runter, weil die Häuser hier so schön sind.«

Das Gesicht des Mannes erhellt sich plötzlich, er zieht die Karte aus dem Gerät.

»Herzlich willkommen im Ritz Paris, Herr von Turbsnatas«, sagt er. »Verzeihen Sie bitte mein Zögern, eine reine Vorsichtsmaßnahme. Ein Zimmer für vier Personen, sagten Sie? Ich könnte Ihnen eine unserer Deluxe-Suiten anbieten.«

»Gibt's da auch eine Dusche?«, frage ich.

»Selbstverständlich, Herr von Turbsnatas.«

»Und etwas zu essen?«

»Es steht Ihnen jederzeit frei, unseren Zimmerservice zu bemühen.«

»Ich will aber niemanden bemühen, ich möchte nur etwas zu essen. Ist das …«

»Wir nehmen die Suite«, würgt Lilly mich ab. »Vielen Dank.«

Wir werden von einem anderen Mann in einer roten Uniform zu unserem Zimmer gebracht. Als er sich verabschiedet, streckt er mir seine geöffnete Hand entgegen. Anstatt sie zu schütteln, knutsche ich ihn links und rechts und wünsche ihm noch einen schönen Tag.

»Ich glaube, er wollte Trinkgeld von dir«, sagt Gustav, als der Mann kopfschüttelnd das Zimmer verlässt.

»Wieso?«, frage ich. »Hat er nicht genug Geld, um sich was zu trinken zu kaufen? Wenn ich das gewusst hätte, hätte ich ihm eine Dose Cola vom Bahnhof mitgebracht.«

Die anderen lachen.

»Wer erklärt Luzie, was Trinkgeld ist?«, fragt Lilly.

»Ich nicht«, sagt Gustav. »Ich habe dieses Konzept mit dem Trinkgeld selbst nie kapiert.«

»Trinkgeld ist eine freiwillige zusätzliche Zahlung für eine erhaltene Dienstleistung«, erklärt Aaron. »Die Höhe liegt dabei im eigenen Ermessen, beträgt aber für gewöhnlich ungefähr zehn Prozent der Hauptleistung. Hauptleistung.«

»Was denn für eine Hauptleistung?«, will Gustav wissen. »Der Mann hat uns die Tür aufgeschlossen und gezeigt, wo die Handtücher hängen. Und dafür will er Trinkgeld?«

»Ich muss zugeben, dass mir dieses Konzept ebenfalls etwas undurchsichtig vorkommt. Vorkommt«, sagt Aaron.

»Cornibus vorkommen?«, fiept es aus meiner Jackentasche.

»Rauskommen«, verbessere ich ihn. »Ja, jetzt kannst du endlich raus.«

Ich greife nach der Maus in meiner Tasche und setze sie auf dem Boden ab. Cornibus verwandelt sich sofort in seine eigentliche Gestalt und flitzt durch den Raum.

»Sind alle Hotelzimmer so groß?«, frage ich.

»In dieser Preisklasse wahrscheinlich schon«, antwortet Lilly. »Ich möchte gar nicht wissen, was das hier pro Nacht kostet. Es gibt ja sogar Zimmerservice. In so einem Hotel war ich jedenfalls noch nie.«

»Apropos Zimmerservice«, sagt Gustav. »So langsam habe ich auch Kohldampf. Wollen wir uns gleich mal etwas bestellen?«

»Eine sehr gute Idee«, sagt Lilly. »Oh, das ist so aufregend! Etwas beim Zimmerservice bestellen! Das kenne ich sonst nur aus irgendwelchen Filmen. Darf *ich*?«

»Gern«, sage ich. »Ist wohl auch besser, wenn das jemand von euch macht, bevor ich mich ständig verplappere. Was kann man denn da alles bestellen, bei so einem Zimmerservice?«

»Alles, was du willst«, antwortet Lilly und greift nach dem Telefon, das auf einem kleinen Tisch steht.

»Dann hätte ich gern Spaghetti mit Tomatensoße«, sage ich. »Und eine Schüssel Schokoladenpudding. Oder besser zwei. Was meinst du, Cornibus?«

»Ja, Cornibus auch Schlotzoladedupping! Viel! Cornibus reinhüpfen!«

»Also besser dreimal Pudding«, sage ich.

»Ich hätte gern ein riesiges Schnitz…«, sagt Gustav.

Ich halte ihm schnell den Mund zu und zeige auf Cornibus, der mittlerweile als Eichhörnchen auf einer Lampe herumturnt.

»Ach so, ja, äh …«, stammelt Gustav. »Sorry. Ich

wollte sagen, ich hätte gern eine riesige Portion Pommes mit Ketchup. Und ein Stück Sahnetorte zum Nachtisch.«

»Ich auch«, sagt Lilly. »Und zum Nachtisch ein leckeres Erdbeereis. Aaron?«

»Gemüseeintopf«, sagt Aaron. »Wenn möglich mit vielen Karotten und einem Baguette. Als Nachtisch Gummibärchen. Aber nur die grünen, bitte. Die anderen vertrage ich nicht so gut. So gut.«

»Alles klar«, sagt Lilly und drückt eine Taste auf dem Telefon.

Sie bestellt unser Essen und eine Auswahl an Getränken. Eine halbe Stunde später klopft es an der Tür.

»Cornibus, Maus!«, sage ich und Cornibus verschwindet unter einem Bett. Als ich die Tür öffne, steht der Mann in der roten Uniform vor mir. Er hat einen rollenden Wagen mit all unseren Sachen dabei und schiebt ihn ins Zimmer. Bevor er geht, streckt er mir wieder seine geöffnete Hand entgegen. Ach so, stimmt, das hätte ich jetzt glatt vergessen.

»Hier«, sage ich und drücke ihm eine Flasche Limo in die Hand. »Ich hoffe, das passt so mit der Hauptleistung.«

Er guckt mich sehr verdutzt an und verlässt dann das Zimmer.

Wir breiten das Essen auf einem der riesigen Betten aus, setzen uns drum herum und fangen an zu futtern.

Nur Krepp

»Die Nächste links, oder?«, fragt Lilly.

»Ja«, antwortet Aaron. »Das hat zumindest der Mann an der Rezeption gesagt. Gesagt.«

Hat er? Ich konnte mir das nicht alles merken. Links, rechts, rechts, links, links, keine Ahnung. Zum Glück hat Aaron so ein gutes Gedächtnis.

»Wieso rennt ihr eigentlich so?«, frage ich ächzend.

»Wir rennen doch nicht«, sagt Lilly. »Wir laufen ganz normal.«

Echt? Das fühlt sich aber irgendwie anders an. Mein Magen ist immer noch sehr schwer vom vielen Essen. Am liebsten wäre ich im Hotel geblieben, aber Lilly wollte unbedingt noch mal raus und sich diese Champs-Élysées angucken, was immer das ist. Wahrscheinlich sieht man es gar nicht richtig, denn es ist mittlerweile schon dunkel.

»Da vorne ist es!«, sagt Lilly zehn Minuten später aufgeregt. »Ich kann schon die Lichter sehen!«

Wir biegen in eine riesige Straße ein. Oh! Das ist aber

schön hier! Überall hängen funkelnde Lichter, selbst die Bäume links und rechts sind beleuchtet.

»Ist das nicht wunderschön?«, fragt Lilly verzückt.

»Allerdings«, muss ich zugeben. »So eine tolle Straße habe ich noch nie gesehen. Sieht das hier immer so aus? Ich meine, die ganzen Lichter, das ist fantastisch.«

»Nein«, antwortet Aaron. »Nur um diese Jahreszeit, das ist die Weihnachtsbeleuchtung. Weihnachtsbeleuchtung.«

»Das ist echt wundervoll«, sage ich. »Wieso gibt's das bei uns im Dorf nicht?«

»Weil unser Dorf nicht Paris ist«, sagt Gustav.

»Und wo sind jetzt diese Champs-Élysées, die du dir unbedingt angucken wolltest?«, frage ich Lilly.

»Wir stehen drauf«, antwortet sie. »So heißt diese Straße hier. Das ist eine der berühmtesten Straßen der Welt.«

Verständlich. So eine prächtige Straße muss ja berühmt sein. Da kommt selbst die Hauptstraße im Dorf nicht mit.

»Wahnsinn«, sagt Gustav. »Hier findet immer das Finale der Tour de France statt. Mein Vater wäre jetzt sehr neidisch, er liebt Radrennen.«

»Siehst du das da ganz oben?«, fragt mich Lilly und deutet die Straße entlang. »Das ist der Triumphbogen. Da gehen wir jetzt hin, den will ich aus der Nähe sehen.«

Mein Blick folgt ihrem Finger. Ja, da oben steht etwas, das wie ein riesiges Tor aussieht, es ist ebenfalls beleuchtet. Wo es wohl hinführt?

»Klar, das machen wir«, sage ich und wir gehen los.

Wir laufen an unzähligen Geschäften vorbei, überall sind Menschen, es ist noch voller als auf dem Bahnhof. Ich mag diese Atmosphäre und komme aus dem Staunen nicht mehr heraus.

Zehn Minuten später stehen wir vor dem Tor, es ist wirklich riesig – so etwas würde bei uns unten bestimmt auch gut aussehen, muss ich meinem Vater mal vorschlagen, als Eingang zur Sauna, zum Beispiel. Eins irritiert mich aber doch: Das Tor führt nirgendwohin, es steht einfach da und rundherum fahren Hunderte Autos im Kreis. Kapier ich nicht.

»Was für einen Zweck hat denn dieser Triumphbogen?«, frage ich. »Man kommt doch nirgendwohin, wenn man da durchläuft.«

»Der Triumphbogen erfüllt keinen Zweck. Er ist ein Denkmal. Denkmal«, sagt Aaron.

»Mach ich doch«, erwidere ich. »Ich denke die ganze Zeit darüber nach, komme aber nicht drauf, wofür das gut sein soll.«

»Ein Denkmal ist für nichts gut«, sagt Gustav. »Das steht einfach nur da.«

»Denkmäler sind Statuen oder Monumente, die an bestimmte historische Persönlichkeiten oder Ereignisse erinnern sollen«, erklärt Aaron. »An *die* soll gedacht werden, wenn man davorsteht. Davorsteht.«

»Ah, okay, verstehe«, sage ich.

So was kenne ich. Mein Vater wollte mal eine Statue von sich am Eingang der Hölle aufstellen. Dafür hat er den Jungs aus Abteilung 72 extra einen Monat Strafe erlassen. Da sitzen bei uns die Talentlosen Künstler. Aber weil sie eben alle total talentlos waren, sah die Statue aus wie ein Rhinozeros mit Beulenpest, die halbe Hölle hat sich bei der Enthüllung schlapp gelacht.

»Und wie lange muss man vor so einem Denkmal stehen bleiben?«, will ich wissen.

»So lange, wie ich brauche, um ein gutes Selfie von uns zu machen«, sagt Lilly und zückt ihr Handy. »Kommt mal alle zu mir.«

Wir drängen uns neben Lilly, sie macht das Selfie.

»Oh, das ist super geworden«, sagt sie und zeigt es uns.

»Das musst du mir schicken, wenn wir wieder zu Hause sind«, sagt Gustav.

»Mach ich, kriegt ihr natürlich alle«, sagt Lilly.

»Und jetzt?«, frage ich. »Gehen wir zurück ins Hotel?«

»Können wir machen«, antwortet Lilly. »Aber lasst uns auf der anderen Straßenseite zurücklaufen, da waren wir noch nicht.«

Wir gehen die Champs-Élysées wieder herunter, ich

genieße jeden Schritt auf dieser wundervollen Straße – hier müssen wir unbedingt noch mal für länger hin, nicht nur zwischendurch.

Als wir bei der Abzweigung der Straße ankommen, die zum Hotel führt, müssen wir die Champs-Élysées überqueren. Wir wollen gerade los, als Lilly uns zurückhält.

»Ist das da vorne etwa ein Weihnachtsmarkt?«, fragt sie und zeigt die Straße abwärts.

»Ja, sieht so aus«, bestätigt Gustav.

»Wollen wir da noch kurz drüberlaufen? Das ist bestimmt auch wunderschön«, schlägt Lilly vor.

»Was gibt's denn auf einem Weihnachtsmarkt?«, frage ich.

Dass es dort nicht zwangsläufig Weihnachten zu kaufen gibt, weiß ich schon. Gustav hat mich mal zu einem Flohmarkt im Dorf mitgenommen. Der einzige enttäuschte Floh, der dort herumhüpfte, war

Cornibus – er hatte sich so sehr darauf gefreut, ein paar Flohfreunde kennenzulernen. Und in einem Supermarkt war ich auch schon, aber so super fand ich viele von den Sachen gar nicht, die es dort zu kaufen gab. Immerhin habe ich daraus gelernt: Nicht jeder Markt hier oben hält das, was er in seinem Namen verspricht.

»Alles Mögliche«, beantwortet Lilly meine Frage. »Da sind lauter kleine Buden mit leckerem Essen und ganz viel kitschigem Weihnachtszeug.«

»Ja, Zweihnachtsmarkt!«, fiept es aus meiner Jackentasche. »Fressensachen! Cornibus Hunger!«

»Was denn, schon wieder? Du hattest doch vorhin erst zwei Schüsseln Pudding.«

»Und jede Menge Pommes«, sagt Gustav.

»Und die Hälfte von meinem Baguette. Baguette«, fügt Aaron hinzu.

»Und fast mein komplettes Erdbeereis«, knurrt Lilly.

»Cornibus gute Verkauung. Essen rein. Essen weg.«

»Verdauung«, verbessere ich ihn lachend. »Und die ist allerdings gut bei dir. Dann gucken wir mal auf dem Weihnachtsmarkt, womit wir sie wenigstens für ein paar Sekunden beschäftigen können.«

Wir laufen über den Weihnachtsmarkt, links und rechts sind unzählige Buden und Menschen, überall wird gegessen. Lilly bleibt an einer Bude stehen, in der es etwas gibt, das Crêpes heißt.

»Das ist eine französische Spezialität«, erklärt sie. »Eine Art Pfannkuchen, ganz dünn und mit leckeren Sachen gefüllt.«

Bei Pfannkuchen muss ich immer an meinen Vater denken. Seine sind auch eine Spezialität – allerdings keine gute. Er macht sie aus Schwefel und mit Kakerlakenflügeln, und sie schmecken echt eklig. Trotzdem vermisse ich sie irgendwie, wahrscheinlich, weil ich meinen Vater so sehr vermisse.

Obwohl wir alle – außer Cornibus – noch sehr satt vom Essen aus dem Hotel sind, holen wir uns jeder so einen Crêpe. Meiner ist mit Schokoladencreme gefüllt, und als ich das erste Mal reinbeiße, explodiert mein Mund fast vor lauter Geschmack. Verdammt, das ist wahrscheinlich das Leckerste, was ich bisher hier oben gegessen habe! Ich kann nicht anders, ich stopfe mir den Crêpe komplett in den Mund und hole mir gleich noch einen.

Wir laufen und futtern gemütlich vor uns hin, als mich Lilly am Ärmel zupft.

»Dreh dich mal ganz unauffällig um«, flüstert sie mir zu. »Ich glaube, der Typ ist wieder da. Ungefähr fünfzig Meter hinter uns, bei der Frau mit dem roten Hut.«

Ich drehe mich möglichst unauffällig um. Ja, da ist eine Frau mit einem roten Hut. Und tatsächlich, schräg hinter ihr läuft ein Typ, der die Kapuze seines schwarzen Pullis sehr tief ins Gesicht gezogen hat.

»Und du bist dir sicher, dass es derselbe ist?«, frage ich Lilly leise.

»Nein, absolut sicher bin ich mir nicht«, antwortet sie. »Es gibt bestimmt viele Männer mit schwarzen Kapuzenpullis. Aber kommt es dir nicht auch seltsam vor, dass ständig einer hinter uns herläuft?«

»Wer läuft hinter uns her?«, fragt Gustav.

»Lilly glaubt, wir werden verfolgt«, sage ich.

»Ein Typ in einem schwarzen Kapuzenpulli«, erklärt Lilly. »Er taucht seit Frankfurt immer wieder auf.«

Gustav und Aaron drehen sich unauffällig um.

»Ich sehe ihn«, sagt Aaron. »Woher weißt du, dass es ein Mann ist? Unter der Kapuze könnte doch auch eine Frau stecken, man kann das Gesicht nicht erkennen. Erkennen.«

»Das stimmt natürlich«, sagt Lilly. »Keine Ahnung. An der Art, wie er sich bewegt und läuft. Ich glaube, das ist ein Mann. Oder ein Dämon?«

»Ein Dämon?«, fragt Gustav besorgt. »Wieso sollte uns denn ein Dämon verfolgen? Was will er von uns?«

»Ich glaube nicht, dass es ein Dämon ist«, sage ich und zeige auf meine Jackentasche. »Da hätte Cornibus längst Alarm geschlagen. Oder, Cornibus? Riechst du irgendeinen Dämon in der Nähe?«

»Nein, kein Dämon«, fiept es aus meiner Tasche. »Cornibus riecht nur Krepp. Cornibus auch Krepp?«

»Wir heben dir was auf«, sage ich. »Du kriegst es nachher im Hotel.«

Ein unzufriedenes Grummeln ertönt.

»Aber wenn es kein Dämon ist, wer ist es dann?«, fragt Lilly.

»Das lässt sich relativ schnell herausfinden«, sagt Aaron. »Ich habe eine Idee. Folgt mir. Aber keine schnellen Bewegungen. Nicht rennen, ganz normal weiterlaufen. Weiterlaufen.«

Wir laufen weiter über den Weihnachtsmarkt. Irgendwann biegt Aaron rechts ab, wir folgen ihm. Wir gehen weiter, die Straßen werden leerer, hier sind nicht mehr so viele Leute unterwegs.

»Ist er noch hinter uns? Hinter uns?«, fragt Aaron.

Ich werfe einen Blick über die Schulter.

»Ich glaube, ja«, sage ich. »Er hält aber ziemlich viel Abstand.«

»Sehr gut«, sagt Aaron. »In die nächste dunkle Gasse, die wir sehen, biegen wir ein. Wenn er uns immer noch folgt und niemand sonst in der Nähe ist, drehen wir uns alle auf einmal um und ihr schießt mit euren blauen Blitzen auf ihn. Wenn er davon ohnmächtig wird, können wir nachsehen, wer unter der Kapuze steckt. Kapuze steckt.«

Stimmt, Lilly und ich haben ja die Kraft der blauen Blitze, die erscheinen, wenn wir uns anfassen. Das vergesse ich immer wieder. Noch ein Grund, meinen Vater zu finden – vielleicht kann er uns ja erklären, woher diese Kräfte kommen.

»Das klingt nach einem guten Plan«, sage ich.

»Alles klar, so machen wir das«, stimmt Lilly zu.

Als nach einer Weile ein schmales Gässchen nach links führt, biegen wir ein. Wir laufen eine ganze Weile weiter, Aaron dreht sich immer wieder um.

»Da ist er«, sagt er schließlich leise. »Ich zähle langsam bis drei, dann drehen wir uns alle auf einmal um und ihr schießt mit den Blitzen auf ihn, okay? Okay?«

Wir nicken alle und laufen weiter.

»Eins … zwei ...«, flüstert Aaron. »Drei! Drei!«

Wir drehen uns alle gleichzeitig um. Unser Verfolger bleibt ruckartig stehen.

»Wer bist du?«, rufe ich ihm zu. »Was willst du von uns?«

Keine Reaktion, er bleibt ohne die kleinste Bewegung stehen.

»Das ist ganz schön unheimlich«, sagt Gustav.

»Okay!«, rufe ich. »Du hast es nicht anders gewollt!«

Lilly reicht mir ihre Hand und wir strecken unsere verbundenen Hände der Kapuzengestalt entgegen. Ein Kribbeln durchfährt meinen Körper und … nichts. Wie, nichts? Was ist denn da los? Wieso schießen keine blauen Blitze aus unseren Händen?

»Verdammt, es funktioniert nicht«, zische ich.

»Vielleicht machen wir irgendwas falsch«, zischt Lilly zurück.

Sie lässt meine Hand kurz los und drückt sie dann ganz fest, aber es passiert immer noch nichts.

»Mist«, fluche ich. »Was machen wir denn jetzt?«

»Kein Problem«, sagt Aaron. »Ich regle das. Regle das.«

Er stapft an uns vorbei und geht direkt auf die Kapuzengestalt zu.

»Geben Sie sich zu erkennen!«, ruft er. »Sonst sehen wir uns gezwungen, die Polizei zu rufen! Ich bin mir sicher, sie wird sich sehr für jemanden interessieren, der im Dunkeln Kinder verfolgt! Verfolgt!«

Die Kapuzengestalt steht immer noch wie angewurzelt da. Als Aaron immer näher kommt, nimmt unser Verfolger plötzlich die Beine in die Hand und rennt davon.

»Soll ich ihn verfolgen? Verfolgen?«, fragt Aaron.

»Nein, das bringt doch nichts!«, antworte ich. »Komm wieder zurück und lass uns schnell hier abhauen! Dann kann er uns nicht weiter folgen und die Sache hat sich erledigt!«

Das hoffe ich zumindest. Seltsam ist es natürlich trotzdem, dass uns jemand verfolgt hat. Ganz beruhigt bin ich immer noch nicht, aber ich lasse es mir nicht anmerken – die anderen sollen sich keine Sorgen machen.

Aaron kommt zu uns zurück und wir laufen in die entgegengesetzte Richtung weiter.

Auf dem Rückweg ins Hotel schlagen wir einige Haken und nehmen große Umwege in Kauf, um sicherzugehen, dass wir die Kapuzengestalt tatsächlich abgeschüttelt haben. Anscheinend gelingt uns das auch – als wir das Hotel betreten, ist weit und breit keine Kapuze zu sehen.

»Ich frage mich immer noch, wieso unsere Blitze nicht funktioniert haben«, sagt Lilly, als wir wieder in unserer Suite sind.

»Habt ihr nicht unten in der Hölle gesagt, sie funktionieren nur, wenn ihr in Gefahr seid?«, fragt Gustav.

»Ja, das stimmt«, sagt Lilly nachdenklich.

»Das würde dafür sprechen, dass wir gar nicht verfolgt wurden«, sagt Aaron. »Vielleicht war das wirklich nur ein Zufall. Zufall.«

»Ja, bestimmt war es das«, sage ich. »Ich wüsste auch wirklich nicht, wieso uns jemand verfolgen sollte.«

Das ergibt keinen Sinn. Wir sind ja nicht auf irgendeiner geheimen Mission oder so. Eine Sache will ich allerdings noch abklären, aber ohne die anderen zu beunruhigen.

»Ich muss mal«, sage ich und gehe ins Bad.

Nachdem ich hinter mir abgeschlossen habe, setze ich mich auf den Toilettendeckel und drücke den Knopf an meiner Armbanduhr. Es klingelt dreimal, dann erscheint Stevens Gesicht auf dem Display.

»Luzie!«, sagt er erfreut. »Schön, dass du dich meldest! Alles in Ordnung bei euch?«

»Ja … Nein … Wahrscheinlich«, sage ich. »Sag mal, habt ihr uns vielleicht einen Aufpasser oder so was Ähnliches hinterhergeschickt? Einen Spion wie Auribus vielleicht?«

»Nein, nicht, dass ich wüsste«, antwortet Steven. »Das hätte mir dein Onkel bestimmt gesagt. Und wir wissen ja, dass Auribus bei euch ist. Wieso, habt ihr Probleme?«

»Nein, nein«, sage ich. »Lilly hat gedacht, wir werden verfolgt, aber sie hat sich wahrscheinlich geirrt.«

»Okay. Aber seid trotzdem vorsichtig. Übrigens: Gut, dass du anrufst. Ich habe gerade einen weiteren Hinweis auf den Aufenthaltsort deines Vaters gefunden, ein Bild aus einer Radar-Kamera, offenbar ist er zu schnell gefahren.«

Er hält ein Foto in die Kamera, darauf ist jemand leicht unscharf hinter dem Steuer eines Autos zu sehen. Ja, er sieht tatsächlich nach meinem Vater aus.

»Es wurde in Pornic aufgenommen«, sagt Steven. »Das bestätigt unsere Vermutung, dass er am Meer ist. Ihr solltet eure Suche also dort beginnen.«

»Alles klar, Pornic, merk ich mir«, sage ich. »Danke, Steven!«

»Nichts zu danken, sehr gern. Die Verbindung reißt wahrscheinlich gleich ab. Ich wünsche euch viel Erfolg! Passt auf euch auf! Und grüß die anderen ganz lieb von …«

Sein Gesicht verschwindet vom Display, die Verbindung ist abgebrochen. Aber gut, jetzt weiß ich sicher, dass die Kapuzengestalt nicht aus der Hölle kommt. Also war es wohl wirklich nur ein Zufall. Und wir sind meinem Vater ein Stück näher gekommen. Pornic. Dort werden wir ihn morgen suchen. Aber jetzt muss ich erst mal ins Bett, ich bin todmüde. Ich hätte nie gedacht, dass Häuser und Straßen angucken so anstrengend sein kann.

Kein Angsthase

»Bitte fahren Sie uns zum Bahnhof Montparnasse«, sagt Lilly.

»Sehr gern«, sagt der Taxifahrer und wir steigen alle ein.

Wir haben gut geschlafen und noch besser gefrühstückt. So ein französisches Frühstück ist echt der Wahnsinn. Da gibt es lauter leckere Sachen. Croissants, zum Beispiel. Die sehen aus wie Papas Hörner, wenn er gute Laune hat, und da kann man alles Mögliche draufmachen, Schokocreme, Marmelade, Honig, was weiß ich noch alles. Cornibus konnte sich nicht beherrschen und hat einfach ein komplettes Croissant ohne alles verschlungen. Am besten fand ich aber die kleinen Brötchen, wo die Schokolade schon mit drin ist. Die heißen Pain au chocolat, da sind richtige Schokoladenstücke eingebaut, Cornibus wäre

fast auf den Tisch gehüpft, ich konnte ihn gerade noch festhalten. Ich muss unseren Direktor Hasenfuß unbedingt fragen, ob wir in St. Fidibus nicht auch so ein französisches Frühstück kriegen können, das macht viel bessere Laune als das bei uns.

Der Taxifahrer ist sehr nett, er weist uns darauf hin, wenn wir an einem besonderen Haus vorbeifahren, erklärt uns, wie es heißt und was es ist. Wir kommen an einem berühmten Museum namens Louvre vorbei, da steht eine Pyramide davor, die ist komplett durchsichtig. Sehr praktisch, denke ich. Wenn man da drinsteht, kann man sich den Regen angucken und wird nicht nass dabei.

Zwanzig Minuten später erreichen wir den Bahnhof. Ich bezahle den Taxifahrer und wir steigen aus.

»Und was machen wir jetzt?«, fragt Gustav. »Wir haben noch zwei Stunden Zeit, bis der Zug fährt, oder?«

»Ja«, sagt Lilly. »Wir fahren um 11:48 Uhr ab. Oh, guckt mal, da drüben sind die Galeries Lafayette!«

Sie zeigt auf ein Haus schräg gegenüber.

»Das ist das berühmteste Kaufhaus in Paris«, erklärt Lilly und wendet sich an mich. »Warst du überhaupt schon mal in einem Kaufhaus?«

»Nein«, sage ich. »Was gibt's denn da so?«

»Da gibt's *alles*«, antwortet Lilly. »Habt ihr Lust? Wir könnten uns einfach mal ein bisschen umgucken.«

»Nichts dagegen«, sage ich.

Aaron und Gustav stimmen ebenfalls zu und wir überqueren die Straße.

Als wir dieses Kaufhaus betreten, komme ich aus dem Staunen nicht mehr raus. Das ist ja riesig hier. Und voller Menschen. Und all diese Sachen kann man kaufen? Wer braucht denn so viel Zeug?

Wir fahren Rolltreppen rauf und Rolltreppen wieder runter, überall stehen Sachen herum, die man kaufen kann. Klamotten, Geschirr, Spielzeug, Schuhe, was weiß ich alles. Ich kriege ein bisschen Mitleid mit den Leuten in Abteilung 44 bei uns unten. Da sitzen die Maßlosen Kaufsüchtigen. Die sind bei uns, weil sie zu viel einkaufen, obwohl sie kein Geld haben. Irgendwie geht das, keine Ahnung, wie genau, wahrscheinlich haben sie auch so eine Geldkarte wie ich. Jedenfalls müssen sie bei uns den ganzen Tag lang Einkaufstüten auspacken, finden aber immer nur einen Haufen Höllenhundkacke darin. Wenn ich mir dieses Kaufhaus hier angucke, kann ich aber verstehen, wieso sie kaufsüchtig geworden sind. Wer so viele Sachen vor sich sieht, kann wahrscheinlich

gar nicht anders, da muss man doch einkaufen. Selbst ich verspüre plötzlich den Drang, mir etwas zu kaufen, nur, weil es hier rumsteht. Das ist nicht fair, diese Leute sollten nicht bei uns unten sitzen, die können doch nichts dafür, sie werden ja regelrecht zum Einkaufen gezwungen. Eigentlich müsste man die Kaufhausbesitzer zu uns runterschicken, weil sie die Leute zum maßlosen Einkaufen verführen und damit süchtig machen – da hat mein werter CEO-Opa mal wieder ganz schön Mist gebaut.

Als wir wieder eine Rolltreppe runterfahren, fängt meine Jackentasche plötzlich an zu zappeln. Oh, was ist das denn? Tausend Gerüche auf einmal strömen in meine Nase. Es riecht nach Essen. Kein Wunder, dass meine Tasche zappelt.

Die Rolltreppe führt in einen riesigen Raum voller Lebensmittel. Hier gibt es offenbar alles, was man essen kann, und zwar in unvorstellbaren Mengen. Was ist das hier? Die Vorratskammer für ganz Paris? Das Zappeln in meiner Tasche wird stärker.

»Ruhig bleiben, Cornibus«, zische ich nach unten. »Du kriegst später was.«

Wir laufen kreuz und quer durch die Regalreihen, links und rechts und vorne und hinten – überall Essen. Moment mal, was ist das denn? Ich bleibe vor einer Auslage stehen. Da liegen lauter kleine Bötchen mit

Schokolade und anderen leckeren Sachen drauf. Das sieht aber lecker aus.

»Das sind Éclairs«, erklärt Lilly. »Eine französische Spezialität.«

»Möchten Sie eins probieren?«, fragt mich die Verkäuferin hinter der Auslage.

»Eins?«, erwidere ich. »Ich will *alle* probieren!«

»Alle?«, fragt die Verkäuferin mit großen Augen.

»Ja«, sage ich nickend. »Geben Sie mir bitte von jeder Sorte vier Stück. Ihr seid doch dabei, oder?«

Ich schaue die anderen an, sie nicken begeistert.

»Sie müssen sie nicht einpacken«, sage ich zu der Verkäuferin. »Wir essen sie gleich hier.«

Die Verkäuferin öffnet einen Schrank und fängt an, ein Éclair nach dem anderen herauszuholen.

In meiner Tasche zappelt es wieder wie verrückt.

»Ja, du kriegst auch eins«, zische ich Cornibus zu. »Aber nur, wenn du ruhig bleibst.«

Das Zappeln hört auf.

Zwei Minuten später liegen jeweils vier verschiedene Éclairs auf kleinen Papptellern vor uns.

»Dir ist hoffentlich klar, dass uns kotzübel wird, wenn wir die jetzt alle essen?«, fragt mich Lilly.

»Nein, wieso?«, frage ich zurück.

»Weil das einfach zu viel Süßkram auf einmal ist«, sagt Lilly. »Davon *muss* einem zwangsläufig schlecht werden.«

»Mir nicht«, sage ich. »Von leckerem Essen ist mir noch nie schlecht geworden. Aber ihr müsst ja auch nicht alles essen, wenn ihr nicht wollt.«

Ich greife nach dem ersten Éclair. Es hat einen dunkelbraunen Boden, obendrauf sind vier kleine Hütchen aus Schokoladencreme, die mit Nussstückchen gesprenkelt sind. Ich beiße hinein. Okay, ich muss mich korrigieren. Der Crêpe gestern Abend war nur das Zweitleckerste, was ich jemals gegessen habe. Diese Éclairs sind noch hundertmal, tausendmal, millionenmal leckerer.

»Oh, verdammt!«, entfährt mir ein Seufzer. »Können wir hier einziehen?«

»Iff bin dabei«, sagt Gustav mit vollem Mund. »Die Dinger find echt Wahnfinn!«

»Ja,Wahnfinn«, schmatzt Lilly genüsslich.

Aaron sagt auch irgendetwas, aber ich kann es nicht verstehen, weil er sich ein ganzes Éclair auf einmal in den Mund gestopft hat.

Als wir gerade alle beim dritten Éclair sind, lässt uns ein entsetzter Schrei aufschrecken.

»AAAAAAAAAAH«, quiekt eine weibliche Stimme. »EIN MONSTER!«

Noch mehr Leute fangen an zu schreien und rennen panisch an uns vorbei.

»Was ist denn da los?«, frage ich verwundert.

»O-Oh«, sagt Gustav. »Ich fürchte, das hat etwas mit uns zu tun.«

Er zeigt auf einen Verkaufsstand schräg gegenüber. Dort sitzt ein großer roter Frosch auf der Glastheke und faucht. Verdammt, das ist Cornibus! Er hat sich aus meiner Tasche geschlichen!

»Wieso ist er denn so sauer?«, fragt Gustav.

»Ich glaube, das hat etwas damit zu tun, was dort in der Auslage liegt«, sagt Aaron. »Das sind Froschschenkel. Froschschenkel.«

Wie bitte, was? Die verkaufen hier Froschschenkel? Wieso denn das?

»Stimmt«, sagt Lilly. »Das ist auch eine französische Spezialität.«

Froschschenkel? Eine Spezialität? Das heißt, die werden gegessen? Die spinnen wohl, diese Franzosen! Wie kann man denn gleichzeitig Éclairs und Froschschenkel als Spezialität haben? Das eine ist unvergleichlich lecker und das andere … einfach nur grausam. Ich kann verstehen, dass Cornibus sauer ist, er hat sich in St. Fidibus mit ein paar Fröschen aus dem kleinen Teich hinter dem Sportplatz angefreundet, er liebt Frösche sehr. Ihre Beine jetzt sauber aufgereiht dort liegen zu sehen, muss sehr wehtun. Was allerdings nichts daran ändert, dass ich ihn so schnell wie möglich von der Glastheke wegholen muss – was nicht so einfach wird. Wenn Cornibus sauer ist, kriegt er nicht mehr mit, was um ihn herum passiert, ein paar freundliche Worte werden also nicht genügen.

Ich nähere mich ihm vorsichtig von hinten. Er faucht immer noch wie verrückt. Hinter der Theke tauchen plötzlich zwei Männer mit Kochmützen auf, der eine hat ein großes Messer in der Hand.

»Hast du schon mal so einen großen Frosch gesehen, Albert?«, fragt der eine den anderen.

»Nein, René«, antwortet der andere und schleckt sich mit der Zunge über die Lippen. »Und einen roten hab ich auch noch nie gesehen. Der schmeckt bestimmt fantastisch!«

»Der ist nicht für dich«, sagt der mit dem Messer.

»Was glaubst du, wie viel Geld wir dafür kriegen? Einige unserer Kunden werden ein Vermögen für einen einzigen Bissen von diesem Prachtexemplar bezahlen.«

»Aber ich darf wenigstens mal probieren!«, sagt der andere.

»Aber nur ein ganz kleines Stück«, erwidert sein Kollege. »Jetzt lass uns diesen Leckerbissen erst mal erledigen.«

Er rückt näher an Cornibus heran, das Messer im Anschlag.

Dummme Idee. Ganz, ganz dumme Idee.

Cornibus öffnet sein Froschmaul und speit dem Kerl mit dem Messer eine Salve Feuer entgegen. Oh, dass er das kann, wusste ich auch noch nicht. Ich dach-

te, er beißt ihm die Nase ab, das hat er unten schon bei ein paar Dämonen gemacht, die ihn geärgert haben.

Der Koch mit dem Messer guckt sehr verdutzt, sein Gesicht und seine Kochjacke sind schwarz verkohlt, Rauch steigt auf.

»Glotz nicht so blöd, Albert«, sagt er zu seinem Kollegen. »Mach was.«

Er reicht ihm das Messer.

»Ich? Wieso ich?«, fragt Albert. »Du willst ihn doch als Delikatesse verkaufen.«

»Und du willst ihn probieren«, erwidert René. »Also los, mach ihn kalt.«

Albert wagt sich einen Schritt nach vorne und richtet das Messer auf Cornibus. Die nächste kleine Feuerwalze schießt aus Cornibus' Maul und hinterlässt einen zweiten verkokelten Koch.

Okay, das reicht, ich muss ihn da wegholen, sonst fackelt er die beiden tatsächlich noch ab. Ich schleiche mich von hinten an ihn heran und schnappe ihn mir.

»Ganz ruhig bleiben, Cornibus«, zische ich ihm zu. »Ich bin's nur.«

Er fängt an zu zappeln und spuckt immer noch Feuer in Richtung der Köche. Ich drehe mich kurz um, die anderen stehen mit Resten von ihren Éclairs in den offenen Mündern hinter mir.

»Los, abhauen!«, sage ich und fange an zu rennen.

Die anderen folgen mir – die beiden Köche leider auch.

»Haltet sie auf!«, ruft der eine. »Das ist unser Frosch! Wir haben ihn zuerst gesehen! Das ist Diebstahl!«

Wir flitzen kreuz und quer durch das Kaufhaus und rennen dabei jede Menge Regale um. Die Köche sind immer noch hinter uns her.

»Da vorne geht's raus!«, ruft Gustav und wir folgen ihm auf die Straße.

Wir rennen den Bürgersteig entlang, aber die Köche lassen sich einfach nicht abschütteln. Gustav biegt in eine kleinere Straße ein, wir hinterher, die Köche leider auch, unser Vorsprung wird aber ein bisschen größer.

Als wir um die nächste Ecke biegen, laufen wir fast

gegen einen parkenden Lastwagen. Gustav bleibt stehen und ruckelt an der Plane, die den Lastwagen hinten abdeckt. Sie bewegt sich.

»Los, da rein!«, sagt Gustav. »Schnell!«

Wir klettern schnell in den Lastwagen. Als alle drin

sind, lässt Gustav die Plane fallen und legt den Zeigefinger auf den Mund.

»Nicht einen Ton«, flüstert er uns zu.

Keine Sekunde später hören wir draußen die Schritte der beiden Köche näher kommen.

»Wo sind sie hin?«, hören wir die Stimme des einen.

»Keine Ahnung«, sagt der andere keuchend. »Weit können sie nicht sein.«

Cornibus fängt an zu knurren, ich halte ihm das Maul zu.

»Links oder rechts?«, fragt der eine.

»Wir sollten uns aufteilen«, sagt der andere. »Du links, ich rechts?«

»In Ordnung. Aber lass die Finger von dem Frosch, wenn du ihn erwischst. So ein Prachtexemplar kriegen wir nie wieder, der ist ein Vermögen wert.«

»Und er schmeckt bestimmt fantastisch! Er hat Feuer gespuckt! Da ist das Grillaroma gleich mit drin! Allein bei dem Gedanken läuft mir das Wasser im Mund zusammen!«

»Dann schluck es gleich wieder runter. Du krümmst diesem Frosch kein Haar, verstanden?!«

»Frösche haben keine Haare.«

»Du auch nicht mehr, sollte ihm etwas passieren. Finger weg, ist das klar?«

»Ja, ja, schon gut, ist klar.«

»Das will ich hoffen. Wir treffen uns drinnen wieder. Mit dem Frosch. Bis gleich.«

Seine Schritte entfernen sich, kurz darauf stapft der andere in die entgegengesetzte Richtung.

Wir halten noch einen Moment gespannt die Luft an, dann atmen wir erleichtert aus.

»Uff, das war knapp«, stöhnt Lilly.

»Allerdings«, stimme ich zu. »Super, dass du so schnell geschaltet hast, Gustav. Du warst unsere Rettung.«

»Wenn es ums Abhauen und Verstecken geht, bin ich unschlagbar«, sagt Gustav. »Der einzige Vorteil, wenn man ein Angsthase wie ich ist.«

»Du bist kein Angsthase«, sagt Aaron. »Das war sehr clever. Ich wäre einfach weitergerannt oder hätte mich diesen Typen vielleicht sogar entgegengestellt. Das wäre wahrscheinlich nicht gut ausgegangen. Ausgegangen.«

»Genau«, stimmt Lilly zu. »Lieber clever als von einem Messer durchlöchert. Das war super, Gustav.«

Sie drückt ihm links und rechts ein Küsschen auf die Wangen, Gustav wird knallrot.

Cornibus verwandelt sich zurück in seine ursprüngliche Gestalt, er scheint sich beruhigt zu haben.

»Alles okay, Cornibus?«, frage ich ihn.

»Nein«, knurrt er. »Männer böse. Töten Cornibus Freunde.«

»Ja, das stimmt. Ich kann verstehen, dass du sauer geworden bist«, sage ich.

»Cornibus nicht sauer. Cornibus buchsbeutelswild.«

»Fuchsteufelswild«, verbessere ich ihn. »Kann ich irgendetwas für dich tun?«

»Krepp«, sagt Cornibus. »Oder Krossang. Dann Cornibus nicht mehr sauer.«

»Ich glaube, ich habe etwas Besseres«, sagt Lilly und zieht ein Éclair aus ihrer Tasche. »Das hab ich schnell noch eingesteckt, bevor wir losgeflitzt sind.«

Sie gibt es Cornibus, er stopft es komplett in seinen Mund und kaut genüsslich darauf herum.

»Erklär gut! Cornibus mehr Erklär!«

»Tut mir leid, mehr hab ich nicht«, sagt Lilly. »Aber wir finden bestimmt am Bahnhof noch welche.«

Sie wirft einen Blick auf ihre Uhr.

»Oh, Mist, es ist ja schon halb zwölf!«, stellt sie entsetzt fest. »Leute, wir müssen uns sputen! Unser Zug fährt in einer Viertelstunde!«

»Cornibus! Maus!«, sage ich und stecke ihn wieder in meine Tasche.

Wir schlüpfen schnell aus dem Lastwagen und rennen los.

Als wir am Gleis ankommen, steht unser Zug bereits dort.

»Wie viel Zeit haben wir noch?«, frage ich hektisch.

»Sechs Minuten«, antwortet Lilly.

»Wartet kurz, ich komme gleich!«, sage ich.

Ich habe beim Vorbeirennen weiter vorne im Bahnhof eine Bäckerei gesehen, dorthin spurte ich zurück. Ich kaufe alle Éclairs, die es gibt, und renne mit einer großen Tüte voll zu den anderen zurück, die ungeduldig auf mich warten.

»Was machst du denn?«, fragt Lilly genervt. »Unser Wagen ist ganz vorne, wir müssen uns beeilen!«

Wir sprinten los.

»Was ist da drin?«, fragt Gustav und zeigt auf die Tüte.

»Etwas, worüber sich Cornibus sehr freuen wird«, sage ich.

»Erklär!«, fiept es begeistert aus meiner Jackentasche.

»Haargenau«, bestätige ich. »Ich dachte, Cornibus hat noch ein bisschen Trost verdient.«

Und wir auch. Also, keinen Trost, aber ein paar dieser leckeren Köstlichkeiten haben wir auf jeden Fall verdient. Wobei ich zugeben muss, dass mir gerade tatsächlich ein bisschen schlecht wird. Aber das liegt bestimmt an der ganzen Rennerei und nicht an den Éclairs. Wenn etwas so gut schmeckt, kann einem davon ja gar nicht schlecht werden, wie soll das denn funktionieren?

Wir erreichen den vordersten Wagen gerade noch rechtzeitig und steigen ein. Alles klar, die nächste Etappe kann kommen. Auf nach Nantes!

Eine Strategie

Okay, Lilly hatte leider recht. Von Sachen, die gut schmecken, kann einem tatsächlich schlecht werden. Ich habe die halbe Zugfahrt kotzend auf der Toilette verbracht. Damit hatte ich echt nicht gerechnet. Aber ich bereue nichts! Kein einziges Éclair und kein Croissant und kein Pain au chocolat und gar nichts! Ich würde das alles sofort noch mal essen. Na ja, vielleicht nicht

unbedingt sofort, eine kleine Pause sollte ich meinem angeschlagenen Magen doch gönnen.

Den anderen ging es nicht ganz so schlecht, nur Gustav hat sich der Kotzerei angeschlossen, der Rest hat ein bisschen gejammert, durfte seinen Mageninhalt aber behalten. Einen Vorteil hatten meine ausgiebigen Toilettenaufenthalte dann aber doch: Die Zugfahrt verging wie im Flug. Da ist man eben kurz dreimal kotzen und schon sind zwei Stunden rum und man ist in Nantes.

Auf dem Weg aus der Bahnhofshalle merke ich, wie Lilly sich immer wieder umguckt. Genau wie ich. Aber keine Spur von einem Kapuzenmann, wir haben ihn wohl tatsächlich abgeschüttelt. Oder er war nie hinter uns her.

»Und jetzt?«, fragt Lilly, als wir auf dem Bahnhofsvorplatz ankommen.

»Jetzt fahren wir nach Pornic und suchen dort meinen Vater«, sage ich.

»Pornic?«, fragt Gustav. »Das höre ich jetzt aber zum ersten Mal. Woher weißt du, dass er da ist?«

»Ich habe in Paris im Hotel kurz mit Steven gesprochen«, erkläre ich. »Ob mein Vater wirklich da ist, wissen wir nicht, aber das war die letzte Spur, die Steven hatte.«

»Gut, dann auf nach Pornic«, sagt Lilly. »Wie weit ist das weg? Wie kommen wir dahin?«

»Keine Ahnung, wie weit das weg ist«, sage ich. »Aber das ist doch egal, wir nehmen ein Taxi.«

Wir steigen in das erstbeste Taxi vor dem Bahnhof. Als ich dem Taxifahrer sage, wo wir hinmöchten, kriegt er große Augen.

»Seid ihr sicher?«, fragt er. »Das sind über fünfzig Kilometer, das wird ganz schön teuer.«

»Kann ich mit Geldkarte bezahlen?«, frage ich zurück.

Er nickt.

»Dann ist das kein Problem«, sage ich. »Fahren Sie los.«

Wir fahren durch jede Menge Landschaft, Häuser gibt es so gut wie keine mehr hier, schon gar nicht so große wie in Paris, aber die Landschaft ist sehr schön und die Sonne scheint.

Eine Stunde später lässt uns der Taxifahrer in Pornic raus.

»Oh, das ist aber hübsch hier!«, stellt Lilly fest. »Guckt mal, die vielen Boote.«

Wir blicken auf einen malerischen Hafen, in dem jede Menge kleine Boote vor sich hintreiben. Hier gibt es auch wieder sehr schöne Häuser, die den Hafen umranden. Ja, das ist tatsächlich sehr hübsch – aber es riecht irgendwie seltsam.

»Was ist denn das?«, frage ich, schnuppernd meine

Nase in die Luft streckend. »Das riecht wie … wie ...«

»Das Meer«, sagt Aaron. »Das ist das Meer. Und die salzhaltige Luft. Luft.«

Aha, so riecht also das Meer, interessant.

»Du warst noch nie am Meer, oder?«, fragt Lilly.

»Nein«, antworte ich. »Wieso? Ist das was Besonderes? Das ist doch nur Wasser, oder? Und wenn das so schmeckt, wie es riecht, will ich es lieber gar nicht erst probieren.«

»Meerwasser sollte man nicht trinken«, sagt Aaron. »Der Salzgehalt ist zu hoch. Wenn du Meerwasser trinkst, verdurstest du von innen. Von innen.«

»Aber das Meer ist wunderschön und sehr beeindruckend«, sagt Lilly. »Wir müssen auf jeden Fall noch an den Strand, das wird dir gefallen.«

Was an einer Menge nicht trinkbarem Wasser beeindruckend sein soll, weiß ich zwar nicht, aber von mir aus, nichts dagegen.

»Aber jetzt suchen wir erst mal deinen Vater«, fährt Lilly fort. »Hast du schon eine Strategie?«

»Äh … eine was?«, frage ich, weil ich nicht weiß, was sie meint.

»Eine Strategie«, sagt sie. »Einen Plan, wie wir ihn suchen sollen. Wo wir anfangen, zum Beispiel.«

»Öh … keine Ahnung«, sage ich. »Hier?«

»Hast du noch das Foto von deinem Vater, das dir Auribus gegeben hat?«, fragt Gustav. »Wir könnten damit rumlaufen und fragen, ob ihn jemand gesehen hat.«

»Ja, das habe ich noch«, sage ich und krame es aus meinem Rucksack hervor.

»Wir sollten es zuerst in Geschäften und Restaurants versuchen«, schlägt Aaron vor. »Vielleicht hat er etwas gekauft und essen muss er ja auch. Ja auch.«

»Das klingt doch nach einer guten Strategie«, sagt Lilly und klatscht in die Hände. »Lasst uns anfangen!«

Zwei Stunden später sind wir wieder am Ausgangspunkt und völlig geschafft. Wir sind kreuz und quer durch Pornic gelatscht, haben das Foto ungefähr tausend Leuten gezeigt, aber niemand konnte uns weiterhelfen.

»Er ist wohl doch nicht in Pornic«, sage ich seufzend.

»Wir finden ihn schon noch«, versucht Lilly mich aufzumuntern.

»Ja, aber wie? Irgendwie hatte ich mir das einfacher vorgestellt.«

»Es ist nie leicht, jemanden zu finden, der nicht gefunden werden will. Werden will«, sagt Aaron.

»Äh, Leute«, sagt Gustav leise. »Ich will euch und vor allem mich ja nicht beunruhigen, aber ist das da hinten an der Straßenecke nicht wieder der Typ mit der Kapuze?«

Ich drehe meinen Kopf leicht, damit ich unauffällig in die Richtung gucken kann. Gustav hat recht, da steht jemand in einem schwarzen Kapuzenpulli und schaut in unsere Richtung.

»Ja, das könnte er sein«, sagt Lilly.

»Aber wer ist das?«, fragt Gustav. »Und wie findet er uns immer wieder? Und was will er von uns?«

»Vielleicht weiß *er* ja, wo mein Vater ist«, denke ich laut.

»Wie meinst du das?«, will Lilly wissen.

»Na ja, unsere blauen Blitze haben nicht funktioniert«, sage ich. »Also geht höchstwahrscheinlich keine Gefahr von ihm aus. Aus der Hölle kommt er nicht, ich habe Steven extra noch mal gefragt, ob sie uns einen Aufpasser hinterhergeschickt haben, haben sie aber nicht. Es könnte doch sein, dass dieser Kerl von meinem Vater beauftragt wurde, auf mich aufzupassen. Vielleicht sogar schon, bevor er sich nach Frankreich abgesetzt hat. Wäre doch möglich, dass er bereits in St. Fidibus in unserer Nähe war, oder?«

»Es ist zumindest nicht unmöglich. Unmöglich«, sagt Aaron.

»Und wenn er von meinem Vater beauftragt wurde, weiß er vielleicht auch, wo er sich aufhält«, sage ich. »Das finden wir raus. Dafür müssen wir ihn uns nur schnappen. Folgt mir.«

Ich laufe los, die anderen folgen mir. Wir gehen langsam und möglichst unauffällig in die Richtung der Straßenecke. Als wir näher kommen, zieht sich der Kapuzenmann hinter die Ecke zurück. Ich sprinte los, die anderen hinterher. Der Kapuzenmann sieht uns und sprintet ebenfalls los.

»Halt! Warte!«, rufe ich ihm hinterher. »Wir wollen nur mit dir reden!«

Er aber offenbar nicht mit uns, denn er rennt weiter. Wir verfolgen ihn durch kleine Gässchen, er schlägt einen Haken nach dem anderen, aber wir kommen ihm langsam näher.

Offenbar sind wir im Kreis gerannt, wir finden uns plötzlich an dem kleinen Hafen wieder. Lilly stolpert neben mir, ich kann sie gerade noch abfangen und einen Sturz verhindern. Uff, das ist noch mal gut gegangen. Aber es hat uns Zeit gekostet, der Typ hat wieder Vorsprung. Oh nein, was macht er denn jetzt? Er läuft auf den Anleger und springt in ein kleines Motorboot. Mist, wenn das Ding funktioniert, kriegen wir ihn nicht mehr. Er wirft den Motor an. Wir erreichen den Anleger. Gustav könnte ihn noch erwischen. Nein, zu spät, er schippert mit dem knatternden Motorboot auf die andere Seite des Hafens.

»Verdammt!«, fluche ich.

Als er zwei Minuten später das gegenüberliegende Ufer erreicht, steigt er aus und verschwindet zwischen den Häusern.

»Sollen wir hinterher?«, fragt Gustav keuchend.

»Nein, das hat keinen Zweck«, antworte ich. »Bis wir da drüben sind, ist er längst über alle Berge.«

Wir setzen uns alle erschöpft und niedergeschlagen auf den Randstein.

»Und jetzt?«, fragt Lilly.

»Ich weiß es nicht«, seufze ich.

»Bist du wirklich sicher, dass dein Vater hier in Pornic ist?«, fragt Aaron. »Was war denn das für eine Spur, die Steven gefunden hat? Gefunden hat?«

»Das war ein Foto von einer Radar-Kamera«, erkläre ich. »Da saß mein Vater in einem Auto.«

»Hm«, sagt Aaron nachdenklich. »Das beweist doch nur, dass er hier durchgefahren ist, nicht, dass er sich auch hier aufhält. Er könnte genauso gut in einem der Nachbarorte sein. Nachbarorte sein.«

»Du meinst, wir sollten nacheinander alle Nachbarorte abklappern?«, frage ich.

»Bleibt uns wohl nichts anderes übrig«, sagt Lilly. »Oder hat jemand eine bessere Idee?«

Ich jedenfalls nicht. Gustav und Aaron offenbar auch nicht, denn sie schütteln die Köpfe.

»Gut, dann suchen wir uns mal wieder ein Taxi«, sage ich und stehe auf.

»Da drüben steht eins«, sagt Gustav und zeigt auf die Straßenecke, an der wir den Kapuzenmann gesehen haben.

Fünf Minuten später fahren wir wieder durch Landschaft, aber irgendwie kann ich es nicht schön finden. Meine Laune sinkt immer weiter, während ich missmutig aus dem Fenster starre. Vielleicht war es doch eine blöde Idee, nach Frankreich zu fahren. Wer weiß, wie viele Orte es hier noch gibt, so finden wir meinen Vater doch nie. Aber ich will ihn unbedingt finden. Ich muss ihn finden. Er ist doch mein Vater, ich vermisse ihn. Und er ist der rechtmäßige Chef der Hölle. Dort gehört er hin, nicht in irgendein französisches Dorf in der … Moment mal. Was war das eben?

»Anhalten!«, rufe ich so laut, dass alle zusammenzucken. »Sofort anhalten!«

Der Taxifahrer tritt erschreckt auf die Bremse und fährt rechts ran.

Ich öffne die Tür, steige aus und renne zurück, bis ich

vor dem Schild stehe. Ja, das ist es! Ich habe mich nicht verlesen!

»Ich weiß, wo mein Vater ist!«, rufe ich den anderen zu, die ebenfalls ausgestiegen sind und gespannt auf mich zukommen.

»Wie, du weißt, wo dein Vater ist?«, fragt Lilly, als sie schließlich neben mir steht. »So ganz plötzlich? Hattest du eine Vision oder so was Ähnliches? Ist das wieder so ein Höllending?«

»Nein, keine Vision«, sage ich. »Das da hat es mir verraten.«

Ich zeige auf das Schild. Dort steht ein Ortsname.

»St.-Michel-Chef-Chef?«, liest Gustav laut vor. »Lustiger Name.«

»Chef-Chef!«, sage ich aufgeregt. »Zweimal Chef! Mein Vater liebt es, Chef zu sein! Er lässt sich bei uns unten von allen nur Chef nennen! Ein Ort mit zweimal Chef im Namen, das findet er mit Sicherheit höllisch gut! Jede Wette, dort ist er!«

»Du bist sein Sohn, du kennst ihn am besten«, sagt Lilly. »Wenn du denkst, er könnte dort sein, ist das auf jeden Fall einen Versuch wert.«

»Garantiert!«, sage ich. »Ich fresse einen Tresen, wenn er nicht da ist!«

»Einen Besen«, verbessert mich Lilly. »Das heißt: Ich fresse einen Besen.«

»Besen nicht gut«, fiept es aus meiner Tasche. »Cornibus probiert. Zu trocken. Lieber Erklär.«

»Da hast du recht, Cornibus«, sage ich lachend. »Ich würde ein Éclair auch jederzeit einem Besen vorziehen.«

Wir gehen zurück zum Taxi und steigen ein.

»Fahren Sie uns bitte nach St.-Michel-Chef-Chef!«, sage ich und der Taxifahrer startet das Auto.

Papa, wir kommen!

Lieferservice

Der Taxifahrer lässt uns in der Ortsmitte von St.-Michel-Chef-Chef raus. Als wir aussteigen, fängt Cornibus in meiner Tasche an, wild zu zappeln – und ich weiß sofort, warum.

»Was riecht denn hier so lecker?«, frage ich und schnuppere.

Die anderen schnuppern ebenfalls in die Luft.

»Keine Ahnung«, sagt Gustav. »Aber es riecht tatsächlich saulecker.«

»Nach Butter«, sagt Aaron. »Irgendwas Gebackenes mit Butter. Butter.«

»Der Geruch erinnert mich an irgendwas«, sagt Lilly. »Aber ich komm nicht drauf.«

»Cornibus raus!«, fiept es aus meiner Tasche. »Leckere Luft! Muss einsaugen! Mit Rüssel! Elefant!«

»Nein, du wirst dich jetzt nicht in einen Elefanten verwandeln!«, zische ich ihm zu. »Nicht noch mal so ein

Ausflug wie in Paris, du bleibst ganz brav da drin, verstanden?«

Ein Grummeln tönt mir als Antwort entgegen.

»Ob du das verstanden hast?«, hake ich energisch nach, weil ich echt keine Lust habe, einem Elefanten hinterherzujagen.

»Ja. Cornibus verstanden.«

»Gut«, sage ich und wende mich an die anderen. »Wo fangen wir an zu suchen?«

»Vielleicht könnten wir irgendwo anfangen, wo es etwas zu trinken gibt?«, fragt Aaron. »Ich muss jeden Tag mindestens drei Liter Flüssigkeit zu mir nehmen, sonst dehydriere ich. Dehydriere ich.«

Ich weiß zwar nicht, was das ist, aber es klingt irgendwie unangenehm.

»Da drüben ist eine Bar«, sagt Gustav und zeigt auf einen Laden auf der anderen Straßenseite. »Da gibt es bestimmt was zu trinken.«

Wir gehen in die Bar und setzen uns an einen Tisch. Außer zwei Männern an der Theke ist niemand hier. Ein Kellner kommt an unseren Tisch, wir bestellen drei große Cola und eine Flasche Wasser für Aaron. Der Kellner bringt uns die Getränke und geht zurück hinter die Theke. Wir sitzen eine Weile einfach nur da und trinken, während der Kellner Gläser poliert und mit den beiden Männern an der Theke spricht.

Als wir ausgetrunken haben, kommt er zu uns und fragt, ob wir noch etwas trinken möchten.

»Nein, danke«, sage ich. »Wir möchten gerne bezahlen.«

»Mit Karte, bitte«, fügt Lilly hinzu.

Der Kellner verschwindet wieder hinter dem Tresen und kommt kurz darauf zurück.

Ich gebe ihm die Geldkarte, er schiebt sie in das Gerät.

»Das kann einen Moment dauern«, sagt er. »Die Verbindung hier ist sehr schlecht.«

»Vergiss nicht, ihm das Foto zu zeigen«, wispert Lilly mir zu.

Ach so, ja, klar, natürlich, das Foto. Das hätte ich jetzt

echt fast vergessen. Ich ziehe es aus der Innentasche meiner Jacke und strecke es ihm entgegen.

»Haben Sie diesen Mann hier in der Gegend vielleicht schon mal gesehen?«, frage ich ihn.

Er betrachtet das Foto mit zusammengekniffenen Augen.

»Klar, den kenne ich«, sagt er schließlich. »Das ist der alte Lefuét. Der ist fast jeden Abend hier und trinkt seinen Pastis. Bist du sein Sohn? Du siehst ihm ein bisschen ähnlich.«

Mein Herz fängt plötzlich an, wie wild zu schlagen.

»Ja!«, antworte ich aufgeregt. »Das bin ich! Ich bin sein Sohn!«

»Dachte ich mir«, sagt der Kellner. »Er hat mir ganz viel von dir erzählt. Gut, dass du hier bist. Ich glaube, er vermisst dich sehr.«

Er ist hier! Und er vermisst mich! Das ist ja großartig! Das bedeutet, ich bin ihm nicht völlig egal, wie ich manchmal dachte. Ich meine, er ist einfach abgehauen, ohne mir Bescheid zu sagen, wohin. Da kommt man schon mal ins Grübeln, wie wichtig man dem eigenen Vater ist. Aber dann ist ja alles gut!

Ich umarme den Kellner und drücke ihm zwei Schmatzer links und rechts auf die Wangen.

»Sie wissen nicht zufällig, wo er wohnt?«, frage ich ihn.

»Doch, das weiß ich«, antwortet er. »Ich hab ihm ja das Ferienhaus vermittelt, es gehört meiner Tante. Es ist in der Route de la Source, Nummer 1.«

»Das ist ja super!«, freut sich Lilly und fällt mir um den Hals. »Wir haben ihn gefunden! Ist das weit weg von hier?«

»Nein, da könnt ihr hinlaufen, ich erklär euch den Weg«, sagt der Kellner und streckt mir seine Hand entgegen. »Ich bin übrigens Jean-Luc.«

Er erklärt uns den Weg zu diesem Ferienhaus.

»Es könnte allerdings sein, dass er nicht da ist«, sagt er zum Schluss. »Er hat sich heute Morgen die Jolle meines Schwagers ausgeliehen und wollte damit raus aufs Meer. Ich hatte ihn zwar gewarnt, weil die See sehr stürmisch sein kann um diese Jahreszeit, aber er ließ sich nicht davon abbringen.«

»Ja, das klingt ganz nach meinem Vater«, sage ich. »Aber keine Sorge, er ist unverwüstlich.«

»Den Eindruck hatte ich auch«, sagt Jean-Luc lachend. »Ein wahrer Teufelskerl, davon gibt es nicht mehr viele.«

Das stimmt. Eigentlich gibt es sogar nur einen einzigen echten Teufelskerl. Und ich freue mich unglaublich, ihn heute noch wiederzusehen!

»Ach, eine Frage hätte ich noch«, sage ich, als wir uns draußen vor der Tür von Jean-Luc verabschieden. »Was riecht denn hier eigentlich so lecker?«

»Oh, das ist unsere Besonderheit hier in St. Michel«, sagt Jean-Luc. »Wir haben eine Keksfabrik.«

Er streckt seine Nase prüfend in die Luft.

»Heute werden offenbar Roudor gebacken«, sagt er lächelnd. »Das sind Butterkekse, meine Lieblingssorte, müsst ihr unbedingt probieren.«

Oh ja, das müssen wir. Wenn die nur halb so lecker schmecken, wie sie riechen, kenne ich jemanden, der sich eine komplette Packung auf einmal in den Rachen schieben wird.

»Machen wir«, sage ich. »Vielen Dank, Jean-Luc.«

»Nichts zu danken«, sagt er. »Ihr könnt ja mal mit deinem Vater zusammen vorbeikommen, würde mich freuen.«

Wir laufen los. Ungefähr zehn Minuten später erreichen wir das Haus Nr. 1 an der Route de la Source. Aufgeregt öffne ich das kleine Tor und drücke die Klingel an der Eingangstür. Wir warten einen Moment gespannt, aber nichts passiert. Ich klingle noch mal.

»Offenbar ist er wirklich mit dem Boot rausgefahren«, sagt Lilly.

Ich gehe ein Stück nach rechts und werfe einen Blick durch das Fenster. Ah, da ist eine Küche. Und weiter hinten ist ein riesiges Fenster, durch das man nach hinten rausgucken kann. Sonst ist aber nichts zu sehen.

»Guckt mal, da steht ein Auto«, sagt Gustav und läuft los.

Wir folgen ihm. Links neben dem Haus ist eine kleine Auffahrt, dort steht ein lustig aussehendes, gelbes Auto. Ich betrachte es von vorne.

»Ja«, sage ich. »Das könnte das Auto von dem Foto sein, das Steven mir gezeigt hat. Damit ist mein Vater gefahren.«

»Hier geht es hinters Haus«, sagt Lilly und wir laufen ihr hinterher.

Hinter dem Haus ist ein kleines Plateau, auf dem ein großer Baum steht. Links neben dem Baum geht es steil bergab, wir stehen praktisch auf einer Klippe, und unter uns ist … das Meer.

»Ist das nicht wunderwunderschön?«, seufzt Lilly.

Ja, das muss ich zugeben, damit hatte ich nicht gerechnet. Das ist mehr als nur sehr viel Wasser. Dieses Rauschen, diese Weite, der Salzgeruch – so etwas Schönes habe ich tatsächlich noch nie gesehen.

»Guckt mal, die Fischerhütten da hinten«, sagt Lilly und zeigt auf zwei kleine Holzhütten, die auf Stelzen am Ufer stehen.

»Hier führt eine Treppe runter«, sagt Gustav und deutet neben den Baum.

»Oh ja, lasst uns runter an den Strand gehen!«, schlägt Lilly begeistert vor.

Wir steigen vorsichtig die unebene Treppe im Felsen hinunter. Am Ende der

Stufen ist ein Gittertor, es ist offen. Wir gehen hindurch und stehen schließlich nebeneinander am Strand.

»Schade, dass nicht Sommer ist«, sagt Lilly. »Dann könnten wir jetzt die Schuhe ausziehen und unsere Zehen im warmen Sand vergraben.«

»Ja, das habe ich auch immer gern gemacht«, sagt Aaron. »Bevor ich jeden Sommer ins Krankenhaus musste, sind meine Eltern immer mit mir ans Meer gefahren. Meer gefahren.«

»Cornibus rauskommen?«, fiept es aus meiner Tasche.

Ich schaue mich um. Wir sind ganz allein am Strand, weit und breit kein Mensch zu sehen.

»Ja«, sage ich. »Du kannst raus. Aber verwandle dich in irgendwas Meerestaugliches, falls uns doch jemand sieht.«

Eine kleine Krabbe krabbelt aus meiner Tasche und an meinem Hosenbein herunter bis in den Sand. Dann verwandelt sich Cornibus in eine Möwe.

»Guck!«, ruft er über uns kreisend. »Cornibus noch nie Möwe!«

»Super, Cornibus!«, rufe ich zu ihm nach oben.

Er fliegt ein Stück aufs Meer hinaus, verwandelt sich in der Luft in einen wunderschönen Schwertfisch und lässt sich ins Wasser plumpsen. Er vollzieht einen Freudensprung nach dem anderen und wir schauen ihm lachend dabei zu.

»Bleib aber in der Nähe!«, rufe ich ihm zu.

»Und pass auf, dass dich niemand angelt! Angelt!«, fügt Aaron hinzu.

»Sollen wir mal in eine dieser Hütten klettern?«, fragt Gustav.

»Gute Idee«, sage ich. »Von da oben sehen wir auch besser, wann mein Vater mit dem Boot zurückkommt.«

Wir steigen die Leiter zur ersten Hütte nach oben und setzen uns nebeneinander hinter das Geländer auf den Boden. Während Cornibus weiter unter uns seine Luftsprünge vollzieht, wird es langsam dunkel.

»Was, wenn er heute nicht mehr kommt?«, fragt Gustav.

»Mir egal«, sage ich. »Ich bleibe so lange hier sitzen, bis er da ist.«

»Dafür ist es viel zu kalt«, sagt Aaron. »Wir sollten uns ein Hotel suchen. Hier draußen holen wir uns noch den Tod. Den Tod.«

»Also wenn, dann holt der Tod dich«, sage ich. »Auch wenn die Sensenmänner am liebsten zu Hause bleiben würden und immer darüber meckern, dass der CEO ihnen keinen Lieferservice für Höllenbewohner eingerichtet.«

»Aber es ist wirklich viel zu kalt, um die Nacht hier oben zu verbringen«, sagt Gustav schlotternd. »Ich friere mir ja jetzt schon den Hintern ab.«

»Ich auch«, sagt Lilly. »Hier, fühl mal.«

Sie legt ihre Hand in meine. Blaue Blitze fließen aus unseren Händen und breiten sich über Aaron, Gustav, Lilly und mich aus, bis sie einen gemütlich warmen Blitzkäfig um uns herum gebildet haben.

»Oh ja, das ist viel besser«, seufzt Lilly und legt ihren Kopf an meine Schulter.

»Jetzt können wir gern die ganze Nacht hierbleiben«, sagt Gustav und streckt sich gähnend.

»Wisst ihr übrigens, dass Lefuét ein Palindrom ist? Palindrom ist?«, fragt Aaron.

»Was für ein Drom?«, frage ich.

»Ein Palindrom«, antwortet Aaron. »Lies es mal rückwärts. Rückwärts.«

Lefuét rückwärtslesen? Das ergibt ...

»Hihi, cool«, sage ich kichernd. »Typisch mein Vater.«

Oh, wie ich mich darauf freue, ihn wiederzusehen. Aber jetzt werde ich irgendwie gerade sehr müde. Ich starre noch eine ganze Weile aufs Meer hinaus, bis mir die Augen zufallen.

Hammer!

TOCK – TOCK – TOCK – TOCK

Oh Mann, was ist denn das für ein Lärm hier? Ruhe hier, ich schlafe!

TOCK – TOCK – TOCK – TOCK

Ein sehr unangenehmes Geräusch. Es fühlt sich so an, als wäre es direkt in meinem Kopf.

TOCK – TOCK – TOCK – TOCK

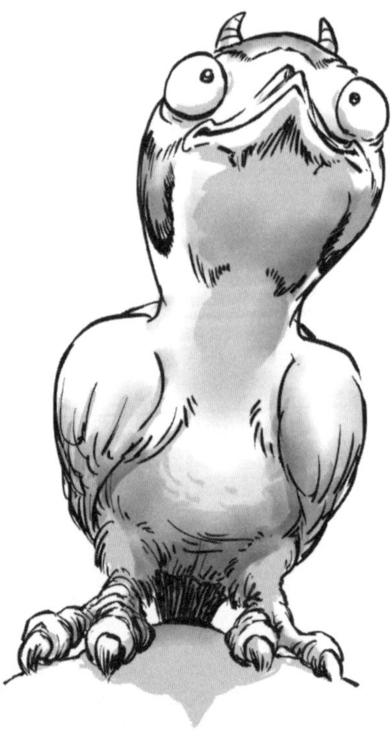

Das tut ja richtig weh. Ob das diese pochenden Kopfschmerzen sind, von denen der Holzapfel montags immer erzählt?

TOCK – TOCK – TOCK – TOCK

Aua! Das ist nicht nur *in* meinem Kopf, da hämmert jemand von außen an meine Stirn. Und meine Nase tut auch weh. Ich öffne die Augen.

TOCK – TOCK – TOCK – TOCK

Huch, was ist das denn? Da sitzt ein Specht auf meiner Nase, der seinen

Schnabel unaufhörlich gegen meine Stirn donnert. Und natürlich kenne ich diesen Specht nur allzu gut – er hat zwei kleine Hörner.

TOCK – TOCK ...

»Cornibus!«, beschwere ich mich. »Spinnst du? Hör gefälligst auf damit! Was soll das denn?«

»Luzie aufwachen!«, krächzt Cornibus. »Papa kommt!«

Plötzlich bin ich hellwach.

»Papa kommt? Hast du ihn gesehen? Wo denn?«

»Boot. Ganz hinten. Cornibus Delfin. Papa gesehen.«

Ich blicke aufs Meer hinaus. Die Sonne geht gerade auf, das sieht sensationell aus. Ich kneife die Augen zusammen. Tatsache, ganz weit hinten am Horizont ist ein kleines Boot zu erkennen.

»Bist du dir sicher, dass es Papa ist?«, frage ich Cornibus. »Hast du mit ihm geredet?«

»Cornibus nicht betraut. Papa nie lieb zu Cornibus.«

Das stimmt, mein Vater ist von Cornibus meistens genervt und zeigt ihm das auch deutlich. Aber eigentlich mag er ihn trotzdem sehr gern, glaube ich.

»Getraut«, verbessere ich Cornibus. »Aber du bist dir sicher, dass er es ist?«

»Cornibus sicher. Hat Papa nassgespritzt. Papa geschimpft. Nur Papa schimpft so.«

»Ja, das kann ich mir vorstellen«, sage ich lachend und blicke wieder zum Horizont.

Das kleine Boot kommt langsam näher.

»Hey, aufwachen, ihr Schlafmützen!«, rufe ich und rüttle an Lillys Schulter.

»Was denn?«, grummelt sie schläfrig. »Sind wir schon da?«

»Wir nicht«, sage ich gut gelaunt. »Aber mein Vater!«

Lilly, Aaron und Gustav öffnen die Augen und strecken sich gähnend.

»Dein Vater ist da? Wo denn?«, fragt Lilly.

»Da hinten kommt er«, sage ich und zeige auf den Horizont. »Cornibus hat ihn entdeckt. Kommt ihr mit runter, um ihn zu empfangen? Der wird Augen machen!«

Als wir aufstehen, löst sich der wärmende blaue Blitzkäfig um uns herum von selbst auf. Wir klettern die Leiter von der Hütte hinunter und stellen uns an den Strand.

»Hat noch jemand was zu essen?«, fragt Gustav. »Ich könnte jetzt ein leckeres Croissant vertragen.«

»Cornibus auch!«, krächzt die Möwe, die über uns kreist. »Auch Krossang vernagen!«

»Ich habe noch ein paar Éclairs«, sage ich und krame die Bäckereitüte aus meinem Rucksack.

Wir setzen uns auf einen Felsen und futtern Éclairs, während das Boot langsam, aber stetig näher kommt.

Eine Viertelstunde später ist es so nah, dass ich erkennen kann, wer drinsitzt. Er ist es tatsächlich! Mein Vater! Mein Herz hüpft wie verrückt in meinem Brustkorb herum, ich kann nicht länger sitzen bleiben. Ich springe auf und laufe ihm entgegen.

»Papa!«, rufe ich und winke ihm mit beiden Armen zu. »Papa!«

»Luzie?«

Er steht auf und streckt seinen Kopf nach vorne.

»Luzie? Bist du das?«, ruft er überrascht.

»Ja!«, antworte ich. »Ich bin's!«

Papa springt aus dem Boot und watet mir durchs Wasser entgegen.

»Das ist ja eine tolle Überraschung!«, ruft er freudig. »Was machst du denn hier?«

»Wir haben dich gesucht! Du musst dich nicht mehr verstecken! In der Hölle ist alles wieder in Ordnung! Wir haben Azrael erledigt!«

»Dieser verfluchte Azrael!«, knurrt er. »Das musst du mir genau erzählen!«

Wir waten aufeinander zu, bis wir uns endlich gegenüberstehen. Papa breitet seine Arme aus und drückt mich fest an sich.

»Mein Luzie!«, sagt er. »Gut, dass du da bist! Ich hab so oft an dich gedacht!«

»Ich auch an dich, Papa«, sage ich und drücke ihn, so fest ich kann. »Du hättest mir ruhig sagen können, wo du dich versteckst.«

»Ich wollte dich nicht in Gefahr bringen«, sagt er. »Azrael war mir dicht auf den Fersen, ich musste so schnell wie möglich flüchten. Allerdings hatte ich nicht vor, so lang wegzubleiben. Aber irgendwie hat mir dieses Nichtstun so gut gefallen, ich hatte ja seit über zweitausend Jahren keinen Urlaub mehr. Und es ist so schön hier, das wollte ich einfach noch eine Weile genießen. Wie hast du mich bloß gefunden?«

»Ich hatte jede Menge Hilfe«, sage ich und zeige auf die anderen am Strand. »Das sind meine Freunde. Sie haben mir auch unten in der Hölle im Kampf gegen Azrael geholfen.«

»Sie waren mit dir unten? Na, das müssen ja ganz großartige Freunde sein, wenn sie dir sogar in die Hölle folgen!«

»Die besten!«, sage ich.

Als wir wieder trockenen Boden unter den Füßen haben, stelle ich meinem Vater die besten Freunde der Welt vor.

»Das ist Aaron«, sage ich. »Er hat ein paar Ticks, aber vor nichts Angst.«

»Guten Tag«, sagt Aaron und tritt meinem Vater ans Schienbein.

Oh, Mist, das hab ich ja total vergessen! Ich halte die Luft an. Hoffentlich reißt er Aaron nicht gleich den Kopf ab.

Mein Vater verzieht keine Miene, aber ich kann deutlich sehen, wie die Hörner unter seiner Mütze ein bisschen wachsen.

»Verzeihung«, sagt Aaron schnell und reicht meinem Vater die Hand. »Aber ich muss das machen, das ist einer meiner Ticks. Sehr erfreut, Sie kennenzulernen, Herr Teufel. Teufel.«

»Hallo Aaron«, sagt mein Vater lachend und schüttelt Aarons Hand. »Wer dem Fürsten der Finsternis ans Schienbein tritt, hat offenbar wirklich vor nichts Angst. Das gefällt mir! Freut mich ebenfalls, dich kennenzulernen. Aber Teufel klingt so förmlich. Wer mir ans Schienbein tritt und es überlebt, darf mich gern einfach Luzifer nennen.«

Uff, das ging ja noch mal gut.

»Und das ist Gustav«, sage ich. »Auf ihn kann man sich immer verlassen und er hat tolle Ideen, die uns schon ein paarmal gerettet haben.«

»Hallo Gustav«, sagt mein Vater und klopft ihm auf die Schulter. »Danke, dass du Luzie geholfen hast. Ich bin schon ganz gespannt darauf, wie ihr mit Azrael fertiggeworden seid.«

Gustav wird ein bisschen rot und wirkt ein wenig eingeschüchtert neben meinem Vater.

»Und das ist Lilly«, sage ich und schiebe Lilly ein Stück nach vorne. »Sie ist etwas ganz Besonderes. Wir wissen nur nicht, warum. Sie hat dämonisches Blut und dämonische Kräfte. Und wenn wir uns berühren, haben wir die Kraft der blauen Blitze. Onkel Gabriel konnte uns aber auch nicht sagen, was das ist oder woher es kommt.«

»Ich hatte gehofft, dass Sie uns vielleicht etwas darüber sagen können?«, fragt Lilly.

»Du kannst mich ruhig duzen«, sagt mein Vater und schüttelt Lillys Hand. »Blaue Blitze? Das ist neu. Meine sind rot. Dämonisches Blut, sagt ihr?«

»Ja, das haben mehrere Höllenbewohner bestätigt«, sage ich.

»Hm, seltsam«, sagt mein Vater und wendet sich an Lilly. »Darf ich dich hochheben?«

Lilly nickt.

Mein Vater hebt sie hoch, wirbelt sie im Kreis in der Luft herum, wirft sie dreimal hoch, schüttelt sie kopfüber kräftig durch und schleckt ihr einmal mit der Zunge längs übers Gesicht. Dann stellt er sie wieder auf dem Boden ab.

Lilly schüttelt sich und schwankt ein wenig, dann wischt sie sich angeekelt mit dem Ärmel übers Gesicht.

»Also«, sagt mein Vater. »Definitiv dämonisches Blut. Mehr kann ich aber leider auch nicht sagen, tut mir leid. Ich habe keine Ahnung, wer oder was Lilly ist.«

»Ich weiß es!« Eine tiefe, kratzige Stimme lässt uns erschreckt zusammenzucken.

Wir drehen uns alle gleichzeitig um. Hinter einem Felsen taucht eine Gestalt auf.

»Der Kapuzenmann!«, entfährt es Gustav.

Tatsache, es ist der Mann mit der Kapuze. Er kommt auf uns zu.

»Wer ist das?«, fragt mein Vater. »Soll ich ihn in eine Qualle verwandeln und explodieren lassen?«

»Nein, nein, das ist nicht nötig!«, sagt der Kapuzenmann abwehrend. »Ich bin's nur.«

Er hustet ein paarmal und räuspert sich.

»Verzeihung«, sagt er. »Meine Stimme ist etwas angegriffen, die Nacht hier draußen war nicht gut, ich habe mich erkältet.«

Diese Stimme kenne ich. Aber woher?

Er zieht seine Kapuze ab.

»Onkel Wolfram!«, ruft Lilly überrascht. »Du bist der Kapuzenmann?!«

»Ja, mein Schatz«, sagt er. »Tut mir leid, ich wollte euch keine Angst einjagen. Ich wollte nur herausfinden, was ihr vorhabt, und sichergehen, dass dir nichts passiert.«

»Aber … Aber wie hast du uns denn immer wieder gefunden?«, will Lilly wissen. »Wir haben dich doch immer wieder abgehängt.«

»Tut mir leid«, antwortet ihr Onkel. »Ich wusste mir nicht anders zu helfen. Ich habe heimlich eine Ortungs-App auf deinem Handy installiert.«

»Ja, aber … aber woher wusstest du denn, dass wir nicht nach Ungarn fahren?«

»Ach, Lilly«, sagt er seufzend. »Ich bin doch nicht blöd. Diese ganze Geheimniskrämerei in letzter Zeit, du hast dich wirklich seltsam verhalten. Und die Gedächtnislücke von drei Tagen vor ein paar Wochen kam mir auch sehr seltsam vor, so was passiert mir normalerweise nicht. Das Skype-Gespräch mit diesem ungarischen Baron kam mir auch irgendwie komisch vor und dann habe ich einfach mal nach diesem Schloss in Ungarn gegoogelt und nichts gefunden. Aber ich wusste genau, wenn ich dir verbiete, da mitzufahren, werde ich nie erfahren, was tatsächlich los ist. Also bin ich euch gefolgt.«

»Du hast mein Handy angezapft? Ich wusste gar nicht, dass du so was kannst«, sagt Lilly erstaunt.

»Es gibt eine ganze Menge Dinge, die du nicht weißt«, sagt ihr Onkel. »Nicht wahr, Torsten?«

Torsten? Wer ist denn jetzt Torsten? Ich sehe keinen Torsten.

Lillys Onkel sieht meinen Vater durchdringend an. Mein Vater geht auf ihn zu und mustert ihn skeptisch.

»Wolfram?«, fragt er schließlich. »Etwa Wolfram Rosenberg? Das kann nicht sein.«

»Doch, kann es«, antwortet Lillys Onkel. »Ist lang her, dass wir uns das letzte Mal gesehen haben, Torsten. Wobei ich dich wohl besser Luzifer nennen sollte, oder?«

Mein Vater hieß mal Torsten? Ich kapiere überhaupt nichts mehr.

»Ihr … Ihr kennt euch?«, fragt Lilly mindestens so verblüfft wie ich. »Du … Du kennst den Teufel?«

»Ja, leider«, sagt ihr Onkel. »Wobei ich damals noch nicht wusste, dass er der Teufel ist. Leiden konnte ich ihn aber von Anfang an nicht.«

»Das stimmt«, knurrt mein Vater. »Du warst immer dagegen, dass Liliane mit mir zusammen war.«

»Völlig zu Recht, wie sich gezeigt hat. Du bist der Teufel. Ich hätte ihr glauben sollen, als sie es mir im Krankenhaus gesagt hat, kurz bevor sie starb. Der Teufel hat meinen Sohn geholt. Das waren ihre letzten Worte. Ich dachte natürlich, sie hätte es im übertragenen Sinn gemeint. Dass du *ein* Teufel bist, nicht *der* Teufel.«

Liliane? Wer ist denn jetzt Liliane? Und welchen Sohn hat mein Vater geholt? Ich blicke überhaupt nicht mehr durch.

»Liliane wusste die ganze Zeit, wer ich bin«, sagt mein Vater. »Und sie hat mich trotzdem geliebt. Und ich sie. Ich wusste, dass sie stirbt. Einer meiner Sensenmänner war bereits im Krankenzimmer, als Luzie zur Welt kam. Es ist nicht meine Entscheidung, wer stirbt und wer nicht. Ich konnte nichts dagegen tun. Alles, was ich tun konnte, war, dafür zu sorgen, dass unser Sohn bei seinem Vater aufwächst.«

Moment mal. Hat er gerade Luzie gesagt? Das bin ich. Ich bin dieser Sohn. Ich bin zur Welt gekommen? Ich wurde nicht als Kneteklumpen gegen eine Wand geworfen? In meinem Kopf dreht sich alles.

»Du warst zu voreilig«, sagt Lillys Onkel. »Da war noch ein Kind in Lilianes Bauch. Deine Tochter.«

Er deutet auf Lilly.

Wie bitte, was? Ich war in einem Bauch? Und Lilly war da auch drin? Daran kann ich mich überhaupt nicht erinnern. Ist das nicht viel zu eng?

»Luzie … Luzie ist mein Bruder?«, fragt Lilly und schnappt nach Luft.

Was, echt? Bin ich das? Weil wir zusammen in einem Bauch waren? Ich verstehe dieses Menschenzeug irgendwie nicht.

»Dein älterer Zwillingsbruder, um genau zu sein«, bemerkt Aaron. »Das erklärt einiges. Einiges.«

»Hammer!«, sagt Gustav mit offenem Mund.

»Dieses Mädchen ist meine Tochter?«, fragt mein Vater fassungslos.

»Lilly«, sagt Lillys Onkel. »Ihr Name ist Lilly. Ich habe sie nach ihrer Mutter benannt.«

»Ich habe eine Tochter?«, fragt mein Vater und auf seinem Gesicht breitet sich ein Lächeln aus. »Ich habe eine Tochter!«

Er schnappt sich zuerst Lilly und dann mich und drückt uns ganz fest an sich.

»Ich habe zwei Kinder!«, jubelt er. »Das ist ja fantastisch!«

Lilly und ich schauen uns fassungslos an.

»Damit eins klar ist«, sagt Lillys Onkel. »Sie bleibt bei mir. Du wirst sie nicht mit in die Hölle nehmen, das werde ich nicht zulassen.«

»Keine Sorge«, sagt mein Vater. »Du hast sie großgezogen und dafür bin ich dir sehr dankbar. Natürlich kann sie bei dir bleiben. Aber besuchen darf sie mich hoffentlich hin und wieder? Die Hölle ist schließlich auch ihre Heimat.«

»Ich schlage vor, das besprechen wir alles in Ruhe«, sagt Lillys Onkel. »Aber vielleicht könnten wir das irgendwo drinnen machen? Ich fürchte, viel länger überlebe ich in dieser Kälte nicht.«

»Keine Sorge«, sagt mein Vater. »Es ist kein Sensenmann in der Nähe. Aber du hast recht, lasst uns ins Haus gehen. Ich könnte jetzt einen Pastis vertragen und ihr habt bestimmt Hunger, oder?«

»Ja! Hunger!«, krächzt Cornibus über uns fliegend. »Krassongs! Erklärs! Und Schlotzolade!«

Lachend laufen wir alle zusammen in Richtung Haus. Lilly zieht mich am Ärmel und wir lassen uns ein Stück zurückfallen.

»Krass, oder?«, sagt sie. »Ich bin also tatsächlich zur Hälfte ein Dämon! Ein Teufel sogar! Und wir sind Geschwister. Ich habe jetzt einen Bruder. Und du eine Schwester.«

»Ja. Echt abgefahren.«

»Daran muss ich mich erst mal gewöhnen.«

Ich mich auch. Ich habe keine Ahnung, was es bedeutet, eine Schwester zu haben. Ist das gut oder schlecht?

Ist eine Schwester anders als eine beste Freundin? Ich hoffe nicht. Ich habe Lilly als beste Freundin sehr gern, daran soll sich bitte nichts ändern.

»Aber bilde dir bloß nichts ein, nur weil du der Ältere bist«, sagt Lilly. »Das ändert überhaupt nichts.«

»Dann ist's ja gut«, sage ich lächelnd.

Währenddessen in Dr. Matschbirnes' Hirnklinik...
Herr und Frau Anton.
Ihr Sohn...
...hat kein Gehirn!
...
Mist! Ich hab' das Hirn vergessen!

Idee & Text: Till Zeichnungen: Frey

Jochen Till, geboren 1966 in Frankfurt/M., sitzt seit nunmehr zwanzig Jahren in der Hölle in Abteilung 66 (Schriftsteller und andere Lügenerfinder), von Luzifer höchstpersönlich dazu verdonnert, Kinder- und Jugendbücher zu schreiben. Was der Teufel allerdings nicht weiß: Er fühlt sich pudelwohl dort unten und hat höllischen Spaß dabei.

Raimund Frey, Jahrgang 1982, geboren in Isny im Allgäu, hat schon seit frühester Kindheit mit großer Begeisterung den Malstift geschwungen. In Mainz studierte er bis 2008 Kommunikationsdesign an der FH für Gestaltung. Heute arbeitet er als Freelancer in den Bereichen Buchillustration, Werbeillustration, Storyboard- und Konzeptzeichnung, Comic und Fantasy.

Höllisch gute Produkte zu Luzifer junior findet ihr hier:

www.luziferjunior.shop

9
72
45